轉生成
反派千金與
反派王子的
我們
1
Shusaku
秋作
[插畫]
やこたこす
U0045700
Kadokawa
Fantastic Novels

黛西·克羅諾姆
宰相之女，以其才能
為人所知的公爵千金。
柯奈多·威廉姆
未於原作登場的角色。
上級魔法師。
索妮雅·凱利
女騎士。在原作發誓
對聖女效忠。
賭上性命的地下城攻略測驗！

威斯特．貝爾蒙德
平民出身的
實力派騎士。
艾迪亞特．赫汀
這個國家的第一王子。在原作
步入歧途，成為「暗黑勇者」。
克拉莉絲．夏雷特
在原作和第二王子訂婚，
後來成為「黑炎魔女」。

兩位反派互相吸引
「妳畢竟是我的未婚妻，
可以直接叫我名字嗎？」
「艾、艾迪亞特先生……」
小說中的克拉莉絲
即使想叫亞諾魯德的名字，
也不能這樣呼喚他，
明明她是正式的未婚妻。
我不會讓妳嘗到那種辛酸的滋味。
「以後妳就這樣叫我吧。」
語畢，
我在克拉莉絲的手背落下一吻。

Kadokawa Fantastic Novels

轉生成反派千金與反派王子的我們

1

秋作 Shusaku

[插畫] やこたこす

挿畫／やこたこす

CONTENTS

序章

◇◆穗香視角◆◇

「抱歉……穗香，我們分手吧。」

講出這句話的，是我正式的未婚夫清水正也。坐在他旁邊的女子低著頭，一副快哭出來的樣子。

本人山本穗香，遇到了修羅場。

「妳很堅強，沒有我也能獨自生活對吧？但她不能沒有我。」

「……」

也就是說，這個男人都正式跟我訂婚了，還在和其他女人交往。

那名女子只有二十多歲。最近受不了職場的險惡，辭去工作。

她想找其他工作，卻遲遲找不到，碰巧在朋友邀她參加的聯誼會上遇到正也。光是在跟人訂婚的狀態下跑去聯誼，就該判他出局。

「可以，解除婚約吧。幸好在結婚前就知道你是個渣男。」

「有……有必要講得那麼難聽嗎！」

「正也，你在網路上看到藝人外遇的新聞時，把人家罵得一文不值，換成自己就變得挺寬容的嘛？」

「我、我又沒結婚，不算外遇！」

「是喔——你的意思是劈腿就不渣嘍？」

「我跟她是命運的邂逅。不算劈腿，是真心相愛！」

「這樣呀。所以只要是真心相愛，腳踏兩條船也沒關係？」

「唔…………所、所以我才討厭妳這種囉嗦的女人！我再也忍不住了！」

一發現自己無法反駁就惱羞成怒。

好啦，我知道自己不是可愛的小女生。在職場也因為強勢的個性，害我被罵雞婆。

可是因為有你在，不管被罵得多難聽，我都沒放在心上。

因為有你這個我想守護的人。

結果你也嫌我煩。

我覺得繼續待在這裡毫無意義，起身離席，瞬間瞥到那女人笑了一下。

我在內心擺出臭臉，拿起帳單走向收銀台。

「啊，記得把我的份也付了。」

身後傳來那個白痴厚顏無恥的要求。

他怎麼有臉講那種話？

我迅速付清自己的部分，從包包裡拿出手機。

然後刪除正也的號碼。L〇NE當然也封鎖了。

話說回來，生活無法自理的正也，有辦法保護柔弱的女性嗎？

她去過我每次去都會看到垃圾山的正也家嗎？我剛幫他打掃得乾乾淨淨，三天後就變成連給人站的空間都沒有，那個人弄髒家裡的才能真是天下第一。

一想到再也不用整理那個家，心情就輕鬆許多。

儘管湧現了寂寥與空虛的感受，心頭卻同時放下了一顆大石。

說不定又會遇到好對象，幸好能在結婚前知道正也是渣男。我得這樣告訴自己。

「……」

我跟他也有過許多美好的回憶。

一起去遊樂園、動物園。在咖啡廳閒聊的時間也很療癒。跟他在一起，能讓我回歸童心。

思及此，胸口揪了起來，淚水奪眶而出。

就這樣，我的戀愛以悔婚這個形式走到盡頭。

爸媽聽見我解除婚約，喜孜孜地傳了相親對象的照片給我。他們本來就不喜歡正也。

那些對象，嗯，感覺全是一本正經的類型。總之戴眼鏡的人很多。

……啊，發現沒戴眼鏡的人。

這個人的臉好像是我喜歡的類型。哦，結城大知。他叫大知啊。

呃啊，可是這個人的公司跟我前男友一樣。

那間公司很大，他們又是不同部門，應該可以不用介意。不過避開這個對象確實比較保險。

這人長得不算特別帥，也稱不上醜。簡單地說就是個普男。但我就是喜歡這種樸素的相貌。

雖然他的上班地點讓我有點不安，但跟這個人見一次面好了……不不不，在那之前，好不容易成為自由身，我想先享受一下單身生活。

相親這種事，大可等調整好心情再說。

看個網路輕小說的單行本，排解鬱悶吧。

我在姪女的推薦下上網看了那部作品，覺得挺有趣的，便買了單行本。

《命運之愛～平民少女的王妃之路～》。

平民少女米蜜莉雅和赫汀國的第二王子亞諾魯德，身分差異懸殊的兩人墜入了愛河。

然而，那位王子已經有一名未婚妻……啊，不行。這個故事會刺傷現在的我。如果悔婚這種事沒有發生在我身上，就能好好欣賞這部作品了。

久違的假日，與其窩在家裡，不如出去買東西。好不容易重獲自由，我想隨心所欲地一

序章

個人逛街。

跟平常不同的妝容、穿著、鞋子，也能轉換心情。

或許是因為我穿著不太常穿的高跟鞋……

我踏出家門，正想下樓的時候踩空了，從樓梯上摔下來。

我記得頭部撞到尖銳物體的感覺。

也記得強烈的痛楚。

除此之外一無所知。

我就此失去意識。

第一章 一覺醒來成了反派千金

◇◆克拉莉絲視角◆◇

睜開眼睛，眼前是黯淡的天花板。

嗯？我最後的記憶是從公寓的樓梯摔下來，撞到頭部。

黯淡的天花板？？

我住的地方是屋齡一年的公寓。天花板應該是乾淨的純白色。

等一下，這裡是哪裡？

我從床上彈起來，提心吊膽地環視四周。

骯髒的小窗、破爛的木牆、有點汙漬的地板。我下床走了幾步，地板發出吱吱嘎嘎的聲音。

怎麼看都是倉庫。看似沒在使用的老舊家具及雜物堆得亂七八糟。

不不不，我的房間窗簾是粉紅色的，床邊還放著熊娃娃。

眼前的景象卻是冷風從關不緊的窗戶灌進來的倉庫。

雖然還放著接客用的家具，不過仔細一看，沙發的布都磨破、褪色了，桌子也布滿刮痕。

打開衣櫃，吱嘎聲於屋內迴盪。

我穿著褪色的洋裝，想起自己現在的名字。

我叫山本穗香……不對，是克拉莉絲．夏雷特。

取回身為山本穗香的前世記憶的我，現在是以克拉莉絲．夏雷特的身分活著。

咦？

克拉莉絲．夏雷特，好像在哪聽過這個名字？？

我想起上輩子過世前拿在手上的小說。

名為《命運之愛～平民少女的王妃之路～》的故事。

主角是聖女米蜜莉雅和勇者亞諾魯德。

米蜜莉雅．波爾特魯雖然是平民少女，身上卻有著被女神選上的聖女的證明——玫瑰形狀的胎記，因此她成了男爵家的養女。被女神選上的聖女會受到人民的崇拜，不能只是區區庶民。

米蜜莉雅以男爵之女的身分，進入貴族學校赫汀學園就讀，在那裡遇見亞諾魯德王子，墜入愛河。

亞諾魯德王子的未婚妻克拉莉絲．夏雷特得知這件事，動不動就找米蜜莉雅麻煩。她的霸凌行為越來越激烈，最後甚至想要奪走她的性命。

亞諾魯德在舞會上譴責克拉莉絲的惡行惡狀，揚言要跟她解除婚約。

並且宣布米蜜莉雅才是他真正的未婚妻。

另一方面，亞諾魯德同父異母的哥哥——通稱「笨蛋王子」的艾迪亞特王子，對優秀的異母弟弟抱持自卑感。而且他喜歡的米蜜莉雅還跟亞諾魯德是一對，艾迪亞特知道後，內心萌生了憎惡之情。

向克拉莉絲和艾迪亞特提供協助的，是魔族皇子迪諾。

天生魔法能力優秀的克拉莉絲，從迪諾手中取得黑暗魔力，得到強大的力量。人們稱呼她為「黑炎魔女」，畏懼她的存在。

被叫做笨蛋王子的艾迪亞特只擅長使劍，從迪諾手中取得能夠劈開光芒的黑炎魔劍，得到強大的力量。人們稱呼他為「暗黑勇者」。

黑炎魔女克拉莉絲與暗黑勇者艾迪亞特，率領魔物大軍攻進王城。

克拉莉絲使出黑炎，企圖灼燒米蜜莉雅的身體，亞諾魯德卻挺身保護她，身負重傷。

看見瀕死的亞諾魯德，艾迪亞特想用魔劍給他最後一擊。

即將失去心愛之人的悲傷，促使米蜜莉雅覺醒聖女之力。

克拉莉絲的黑炎被米蜜莉雅釋放的聖光抵銷，重傷的亞諾魯德王子也徹底痊癒，覺醒勇者之力。

艾迪亞特被復活的亞諾魯德用聖劍貫穿心臟，當場斃命。

給予兩人黑暗力量的魔族皇子迪諾，因為米蜜莉雅釋放的神聖光芒而失去力量，跟艾迪亞特一樣被亞諾魯德用聖劍貫穿心臟，當場斃命。

克拉莉絲被騎士們包圍，在被補前自焚。

就這樣，米蜜莉雅和亞諾魯德跨越身分的差距，長相廝守。

可喜可賀，可喜可賀……呃，等一下！

哪裡可喜可賀了！

這時，我終於意識到這輩子的自己是什麼人。

克拉莉絲．夏雷特——在《命運之愛～平民少女的王妃之路～》這部小說中被稱為黑炎魔女的壞女人。

不不不，純屬巧合……未必是那部小說的克拉莉絲。可能是其他人，只是同名同姓罷了。

然而越是回想前世的記憶，就越清楚我是那部小說裡的登場人物克拉莉絲．夏雷特。家人的名字一樣，居住地也是赫汀王國。

不過，我住的房間十分簡樸……甚至到了簡陋的地步，這一點跟小說有些許出入。身上的衣服也相當破爛。貴為侯爵千金，我的生活卻絕不富足。

原作的主角終究是米蜜莉雅和亞諾魯德。並未詳細描述反派角色的老家。

第一章
一覺醒來成了反派千金

就算這樣，真沒想到她會過得這麼慘。

我回憶起這輩子身為克拉莉絲．夏雷特的記憶，我的母親在五年前去世。過沒多久，繼母和她的女兒就搬進這個家。

繼母和她的女兒動不動就欺負我，傭人們也聽從成為新女主人的繼母的命令，對我冷眼相待。

真是可憐的反派千金。

小說中的克拉莉絲或許是因為不想回去過這種生活，才會執著於「王子的未婚妻」這個地位。

意思是，按照原作劇情發展下去，我在故事裡就是個反派角色……將被愛上女主角的王子悔婚？

搞什麼？我是在悔婚星底下誕生的嗎？最後居然還會自殺。

這樣下去不行……我死都不要迎接那種壞結局！

我驚慌失措，尋找改變命運的契機，對照前世和今生的記憶絞盡腦汁。

我今年十七歲。

記得最近會有一場由王妃主辦的茶會，讓我跟那位亞諾魯德見面？

原作裡面，克拉莉絲是作為亞諾魯德未婚妻的最有力人選參加，亞諾魯德卻並未出席。

他討厭傳聞中是個傲慢千金的克拉莉絲，為了避免跟克拉莉絲見面，裝病缺席茶會。

儘管基於各種原因，他們最後還是訂婚了，亞諾魯德卻無法忍受自己的未婚妻是如傳聞所說的傲慢千金。

現在幾點？

下午兩點……啊，對喔。我看書看到一半睏了，所以睡著了？

這時，有個人門都沒敲就走進房間。

是與我同年，因為比我晚兩個月出生而變成妹妹的娜塔莉．夏雷特。

她和我是同父異母的姊妹。娜塔莉是父親的繼室貝魯米拉的女兒，我則是已故的前妻的小孩。

「姊姊！我剛才聽爸爸說了！妳受邀參加王妃殿下舉辦的茶會對不對！帶我一起去！」

「……」

她的聲音到底有幾分貝？刺得我耳朵好痛。

我的負面傳聞，其實是這個異母妹妹害的。

我總是被任性的她耍得團團轉。剛才她也提出了任性的要求。

正式受邀參加茶會的只有我。未經主辦方的同意，不能擅自帶妹妹參加。

身為侯爵家當家的父親及侯爵夫人——我的繼母也有受到招待，娜塔莉應該是對只有自己沒受邀一事有所不服。

「不行。妳沒有受到邀請。」

「哎呀，多我一個人也不成問題吧？」

她擺出可愛的動作歪過頭。臉蛋跟洋娃娃一樣可愛，做作的個性卻反映在態度上了。

我嘆著氣勸導異母妹妹。

「如果基於特定原因，必須帶一名家族同行，需要先徵求主辦方的同意。現在跟王室徵求許可也來不及。這可不是熟人辦的茶會。」

「什麼嘛，獲選為未婚妻人選就開始擺架子了！」

「有什麼辦法？正式受到王室招待的人是我喔？」

「小氣鬼！妳真的好任性！」

任性的是誰啊。

娜塔莉勃然大怒，使勁摔上房門……貴族女性怎麼能這麼粗俗？

我從小就被強制灌輸淑女的言行舉止，直到母親去世。可是，娜塔莉的母親並未認真指導女兒那方面的禮儀及淑女的知識。

看這情況，不久後爸爸就要來了。

我嘆了口氣，站在布滿裂痕的三面鏡前面。

土氣的髮型、留長到背部的紅髮。撩起瀏海露出的，是眼角有點上吊的玫瑰金大眼，以及通透的雪白肌膚。

這樣一看就像一尊洋娃娃嘛，只不過我平常都用瀏海蓋住眼睛，給人非常不起眼的印象。

我維持撩起瀏海的狀態，透過鏡子仔細端詳自己的長相，就在這時，粗魯的敲門聲於房內迴盪。

啊，是爸爸。娜塔莉去跟他哭訴，他就趕過來了。從有敲門這一點來看，比娜塔莉像樣點。爸爸一踏進房間就對我怒吼。

「克拉莉絲！聽說妳又自作主張了。居然敢不帶娜塔莉參加茶會，未免太惡劣了吧？」

…………我的父親幾歲啦？

我想想——記得是四十歲。怎麼想都是成年人。

你好歹也是一名貴族，不會不知道不能帶娜塔莉參加吧？娜塔莉一跑去哭訴，你就失去理智了。

「可是爸爸，總不能突然增加人數吧？只有我受到招待喔？」

「……！」

我冷靜回答，父親驚訝得瞪大眼睛。

啊，他沒想到我會回嘴是嗎？

也對，恢復記憶前，我的確覺得我受到的待遇很不合理，卻沒有勇氣回嘴。

「住、住口！既、既然如此，妳不用去了，我要帶娜塔莉一起去！亞諾魯德殿下肯定也會覺得可愛的娜塔莉比妳來得好。」

沒錯，每次都會像這樣把過錯推到我身上。

原作也有描寫到茶會，沒想到有這樣的內幕。

這是本篇沒寫到的反派千金的實際情況。

記得原作是由克拉莉絲參加茶會，在這個狀況下，要如何讓我去參加？啊，難道劇情因為我回嘴而改變了？

那不正是個好機會嗎！

只要採取跟原作不同的行動就行！

我不想成為反派千金。更遑論壞結局，我可敬謝不敏。

「明白了，父親。我也認為王妃殿下主辦的茶會，對愚昧的我而言負擔太重。請務必！讓娜塔莉代替我出席。」

「唔……唔。沒想到妳這麼聽話。」

我展現出謙虛的態度，強調「務必」兩字，讓他無法拒絕。聽見我的答覆，爸爸啞口無言。呼，幸好他頭腦簡單。

這次是由王妃主辦，招待王族婚約對象人選的重要茶會。

跟平常的茶會不同，不能隨便找人代替。

爸爸知道嗎？——算了，不關我的事。

媽媽去世後沒多久，他就娶了貝魯米拉男爵千金當繼室，還帶了他和貝魯米拉的女兒

——與我同年的妹妹娜塔莉。也就是說，他跟我的母親結婚，同時在好幾年前就有了這麼一位情婦。

貝魯米拉母女搬進來住後，我這個前妻之女開始不被放在眼裡，連父親都對我不理不睬，傭人也無視我。

他們分配給我的單人房，是之前用來當倉庫的地方。天花板和壁紙都褪色了，整間房間光線昏暗。床也是會吱嘎作響的舊家具。

娜塔莉則擁有一間大房間，房間裡有可愛的布偶及玩具，父親還送她一堆書……啊，不過她說她不要書，最後便落到了我手中。託她的福，我不愁沒書看，還能立刻取得昂貴的魔法書。

父親剛離開房間，一名女僕就敲響房門，接在他後面走進來。

「大小姐，為您送上水和茶點。」

女僕手中的托盤上，放著一杯水和裝著生甘薯的盤子。

長得跟上輩子的地瓜很像。紫色的皮，細長的形狀。當然不是可以生吃的東西。

「請您盡情享用。」

女僕露出邪惡的笑容，用力把托盤放到桌上。

啊——杯子裡的水都灑出來了。

我笑咪咪地說：

「謝謝。」

「……」

面不改色的我，令女僕皺起眉頭。

哎呀，真不好意思，沒能做出符合妳期待的反應。

她小聲啐道：「謝什麼謝？妳又不會吃完。」走出房間。

恢復記憶前的我，萬萬想不到可以把這個生地瓜（跟它很像的甘薯）拿來烤，而是咬牙吃下女僕送來的食物。可是我已經恢復記憶了，自然不會這麼做。

我伸出食指指向生薯，念出召喚火焰的咒文。

「米利．弗雷姆！」

下一刻，盤子上的甘薯被一小團火焰籠罩，發出劈哩啪啦的聲音逐漸烤熟。

嗯——好香。

魔力我有控制過，因此烤得恰到好處。

來嚐嚐看起來很美味的烤地瓜吧——！

我咬了一口，口感鬆軟，滿口都是甜蜜的滋味，好幸福～

啊——難得有烤地瓜可以吃，真想配茶而不是水。

反正那些女僕會無視我，乾脆自己泡吧。

我來到廚房，無視訝異的廚師們，從櫃子裡拿出茶杯和茶壺。

廚師長板著臉對我說：

「大小姐，您擅自進入廚房，我們會很困擾。若您想喝茶，請去吩咐女僕。」

「就是因為女僕無視我，我才自己泡茶呀？」

我狠狠瞪過去，廚師長嚇了一跳。應該是沒想到我會這樣頂嘴。

「呃……可是……您應該不會泡紅茶才對。」

嗯，廚師們想必從來沒看過我泡紅茶。媽媽教過我泡茶，上輩子我也有一段時間著迷於紅茶，所以這對我來說只是小菜一碟。

我之前純粹是沒想到要特地跑一趟廚房拿茶具。就算想要泡茶，母親在世的期間全都有傭人幫忙處理。

我笑著對幾位廚師說：

「不用擔心。可以給我一些熱水嗎？」

廚師們困惑地面面相覷。不久後，最年輕的廚師戰戰兢兢把裝熱水的水壺遞給我。

我將熱水倒進茶壺，放到托盤上。茶杯也沒忘記。

看到我泡茶的熟練動作，廚師們當場愣住。順帶一提，廚師長懊悔地咂嘴。

我還在托盤上放了砂糖和牛奶，剩下只需要把這些東西搬到房間即可。

「很、很危險，我幫您——」

「白痴……要是你敢幫大小姐的忙，我會被夫人處罰的！」

廚師長連忙制止想幫助我的廚師。

是啊，曾經站在我這邊的傭人，全都被繼母解僱了。他應該不會希望自己也落得那種下場。

「沒關係，我自己拿就好。謝謝你關心我。」

我對願意向我伸出援手的廚師展露笑容。

他在廚師長身後靦腆地笑著。是眼神正直的好人。

相較之下，廚師長的雙眼黯淡無光。上輩子我也看過那種人。沒有主見，只會對上司獻媚。對繼母而言，是個會聽從自己命令的好用工具人。

準備生甘薯給我吃的也是他。昨天的茶點則是放了好幾天的蛋糕。

三餐也不例外，只有我的湯特別淡，或者特別辣，這還無所謂，不過沾泥巴的沙拉我還真吃不下去。

全是繼母跟娜塔莉命令那個廚師長做的。

要是我敢對餐點有意見，只會被爸爸罵：「妳怎麼這麼自我中心！」所以之前我都沒有抱怨，乖乖吃下去。

但沾泥巴的沙拉實在不能入口，我便自己拿去清洗。傭人們見狀紛紛嘲笑我，爸爸也罵我在吃飯時間起身離席很不守規矩。

回到房間，我一面喝茶，一面想到今天的晚餐也得吃那種東西，感到厭煩。

啊，對了。娜塔莉塞給我的魔法書上好像有記載。

用來除去髒汙及細菌的清潔魔法——沛亞．克里亞德。

如果我學會用那個魔法，是不是就不用特地跑去洗東西了？

我立刻拿起堆在地上的書，默默翻閱。

嗯嗯，想像目標物變乾淨的樣子，唸出咒文「沛亞．克里亞德」，將體內的魔力轉換成能量，發動魔法。

先試著把剛喝完的茶杯弄乾淨吧。

「沛亞．克里亞德。」

我唸出咒文，茶杯的汙垢馬上消失。

完全看不出使用過的痕跡。雖然變乾淨了，還是有茶垢殘留在其上。

想要發動魔法，需要讓魔力集中於掌心，或許是魔力不足的關係。

總之再試一次。時間要多少有多少。

「沛亞．克里亞德！」

這次茶杯變成跟全新的一樣，大概是我凝聚了太多魔力。

啊……對喔，試著用這個魔法把各種東西弄乾淨吧。

例如床單和枕頭，還有積滿灰塵的窗簾！

我決定來練習清潔魔法，順便打掃。拜其所賜，房間變得閃閃發光……倒也沒有這麼誇張，可是灰塵都清掉了，感覺神清氣爽。

這時，我的肚子通知我晚餐時間到了。

傭人沒來叫我，只能自己去餐廳。

——跟家人吃飯是一天最憂鬱的時候。

晚餐時間——

我看準時機，走進餐廳。其他人已經坐在餐桌前吃飯。

「怎麼這麼慢……」

父親瞪了我一眼。

他以前好像是個美男子，現在卻完全看不出來。凸出來的大肚子、跟鬥牛犬一樣的臉頰、剪得整整齊齊的條碼禿頭。

夏雷特侯爵家當家，畢爾蓋斯．夏雷特。

「非常抱歉，侯爵大人。」

「……嘖。」

爸爸咂嘴回應我的道歉。

以前我都是叫他爸爸，但他命令我：「不准叫爸爸，要叫侯爵大人。身為貴族之女，從今以後妳要把我當成當家對待。」同為貴族之女的娜塔莉可是叫他「把拔」喔。

剛坐到位子上，傭人就為我送上前菜沙拉。

繼母和娜塔莉嗤嗤竊笑。

仔細一看，哎呀……上面有毛毛蟲和泥巴。哦——升級了耶。

我拎起毛毛蟲，放到旁邊的娜塔莉的盤子裡。

娜塔莉臉色瞬間刷白，放聲尖叫。

「哇啊啊啊啊！姊姊，妳在做什麼——？」

「我討厭這個，給妳吃。」

「妳在說什麼！妳叫我吃蟲嗎？」

「哎呀，這可是廚師長用心準備的。我自我中心又任性，所以我不會吃，不過善良溫柔的娜塔莉肯定吃得下去吧。」

「開、開什麼玩笑！誰要吃蟲呀！誰快來把這盤沙拉收走！」

娜塔莉為了這盤有蟲的沙拉大吵大鬧，管家急忙衝過來端走它。

妹妹在一旁尖叫，我則偷偷朗誦清潔魔法的咒文，把沙拉清乾淨。

嗯，成效卓越。沙拉變得乾乾淨淨。

爸爸氣得面紅耳赤，怒吼道：

「把自己的食物給妹妹，成何體統！沒禮貌的傢伙。」

「對不起。我好像很沒規矩，或許是因為侯爵大人沒有好好教育我。」

爸爸、繼母、娜塔莉愣住了，似乎沒想到我會這麼理直氣壯。

克拉莉絲之前被爸爸罵時都不會反駁。話先說在前頭，我可沒打算那麼乖。

不管我表現得多有禮貌，這些人都會把我塑造成壞人，事到如今反抗他們也沒差吧？

克拉莉絲．夏雷特在社交界的形象，已經被塑造成傲慢又不受管教的女孩。既然如此，我得按照這個設定行事嘍。

要我乖乖聽話，以免惹到會欺負自己的家人，笑死人了。

「唔……嘖……剩、剩下的沙拉給我吃乾淨！不准妳擅自離開座位拿去洗！」

明知道沙拉上有泥巴，還不准我拿去洗，逼我吃下去，根本是虐待吧？也罷，反正我已經弄乾淨了。

之後主餐也送上桌了，我的主餐是有土腥味的麥年淡水魚排，其他人則是菲力牛排。我的甜點只有放在盤子上的冰，其他人則是義式冰淇淋。貼心地特地為我準備了專用菜單。

為求保險起見，我先用過清潔魔法才吃掉魚排。

每次吃飯都要用魔法，挺累的。施法技術可能會莫名其妙提升。

我瞄向站在牆邊的廚師長。

他對我投以極度詫異的眼神。

你就這麼不敢相信我若無其事地吃著這些東西嗎？明天也努力為我準備特別菜單吧。

◇◆◇

三天後——

我因為對妹妹口吐暴言，還把蟲放進她的盤子，被處罰關在房間。

我平常就一天到晚看書，不太會出門，所以沒什麼差就是了。

門外傳來急促的腳步聲。

八成是娜塔莉對於要穿去參加茶會的禮服有一堆意見，女僕只好去衣帽間拿新禮服。

那孩子有一堆買了卻沒穿過的禮服。

記得她昨天拿著繡有金線的紅色華麗禮服，跟我炫耀明天要穿那件禮服去。她性格善變，應該是突然不想穿紅色。

她為了參加茶會而盛裝打扮，可惜亞諾魯德王子並不會出現。

最後，娜塔莉耗費三小時左右整理好儀容，穿著亮粉色褶皺禮服跟爸爸和繼母貝魯米拉一同坐上馬車。

呼，總算安靜了。

啊——不過待在房間裡好無聊。一直看魔法書，眼睛也好累。

……總覺得有點餓。

就算去廚房跟那個廚師長要點心，我也不認為他會乖乖給我。豈止如此，搞不好還會給

第一章

一覺醒來成了反派千金

我吃怪東西。

我不經意地望向窗外。

廣大庭園的另一端，看得見以藍白屋頂為主的街景。

——對了，去街上逛逛如何？

街上理應有販售美食。買來填飽肚子不就得了？

其實媽媽有留一筆錢給我。

她去世前好像把衣服跟寶石通通賣掉了。銀行裡有一筆鉅款，只有我可以使用。

當時繼母貝魯米拉翻遍媽媽的房間，卻找不到任何寶石或飾品，氣得直跺腳。

然而，媽媽留下的項鍊被拿走了。那是她買給我當生日禮物的紅寶石項鍊。繼母貝魯米拉動不動就戴在身上，彷彿要故意戴給我看。

爸爸跑了好幾次銀行，想要提出媽媽存在裡面的錢，卻被銀行拒絕。即使是家人，也不能擅自提出持有者的錢。

只有我動得了媽媽留在銀行的錢。

爸爸本想叫我把錢提出來，據為己有，可是未成年人不能提領鉅款，只得暫時放棄。他好像企圖等我成年，再霸占那筆錢。

不好意思，休想得逞。

先去城裡把錢花在自己身上吧。

幸好我的衣櫃裡有許多平民穿的衣服。是繼母貝魯米拉買來嘲諷我的。姑且還是有社交場合用的衣服，但全是樸素的舊禮服。

想起前世的記憶前，我一直覺得這種破衣服不是人穿的，現在則完全不會有這種想法，反而覺得這樣正好。

我要扮成平民去逛街！

事不宜遲。

我脫掉平常穿的禮服，換上樸素的洋裝。頭髮最好也綁成簡單的馬尾。

最幸運的是我的房間在一樓。想偷溜的話隨時可以溜出去，為什麼我之前都沒有付諸行動？

……好吧，要是沒有上輩子的記憶，說不定有困難。

以前的我覺得街上是可怕的地方。實際上，像我這種千金大小姐獨自在路上亂晃，肯定會被誘拐。

可是假如換上這件舊洋裝，至少不會被以金錢為目標的人拐走。就算有人口販子想誘拐我，我也會用火系攻擊魔法趕走對方。

我鎖上房門，不讓傭人隨便進來。拉緊窗簾後才開窗跑到外面。

第一次散步個一小時左右比較妥當。買完需要的東西就直接回家吧。

我看準沒人在的時機，從傭人用的小門來到戶外。

此時此刻，我這輩子初次主動踏出家門。

◇◆◇

雷尼鎮——

它是夏雷特領內離王都最近的城鎮，因此相當繁榮。

裡面住著許多在王都工作的人，類似前世的睡城。

夏雷特家位於雷尼鎮的郊外。從後門離開宅邸，可以看見一條被雜木林環繞的白色小徑。

沿路走了一段時間，進入狹窄的小巷，再繼續順著這條路走，即可抵達大街。

哇，好熱鬧的城鎮！

如我所料，有一堆賣食物的攤販，以及看起來很好吃的水果。

除此之外，還有靠著昏暗小巷的牆壁坐在地上自言自語的男人、披著破布拿碗乞討的女人、睡在路旁的老人。

有度過平穩生活的平民，也有無家可歸、沒有工作、找不到容身之處的人。

貧富差距真嚴重。爸爸有制定對策嗎？

我邊想邊走到銀行前，推開大門。

在這邊提領要用到的錢後，就去買東西吧。
領民固然令人擔憂，但我得先讓自己活下來。吃那種食物遲早會餓死。
在改變毀滅命運前，必須改善現在的生活。
以後要囤積足夠的乾糧和藥品，當成自己是一個人住。

兩小時後，我平安回到家中，幸好沒被任何人看見。
錢也順利從銀行提出要用到的份，不愧是夏雷特領最大的城鎮，買到了許多東西。例如剛烤好的麵包、營養劑、保存期限長的肉乾。
呵呵呵，還吃了熱騰騰的雞肉串。鮮嫩多汁的雞肉真美味。
從平民服裝換上平常穿的禮服時，敲門聲傳入耳中。
啊，都忘記我有鎖門了。我開鎖打開房門，初老管家托列德悶悶不樂地站在門外。
年紀差不多近六十歲？相貌雖然跟演員一樣端正，但個性就我看來差勁透頂。平常他會門都不敲就擅自開門，大剌剌地走進我的房間，剛才是因為門鎖住了，他才有敲門。
托列德在傭人中對我的態度特別差……不如說，他跟爸爸一樣溺愛娜塔莉。他原本就是繼母帶來的管家，自然只會對身為前妻之女的我抱持敵意。
我納悶地詢問托列德：
「什麼事？」

「老爺有事找您。」

「咦……？他不是去參加王妃殿下的茶會了？」

「不知道。總而言之，老爺在門口等您。」

托列德快步帶我前往門口。根本沒顧慮到女生的步幅比較小。

他還在碎碎念：「為什麼……第一王子不滿意娜塔莉大小姐的哪一點？」

到底是怎樣？

爸爸為何要在門口等我？

我一頭霧水，來到家門前，爸爸臉色蒼白，衝到我身邊粗魯地抓住我的手。

「走！去參加茶會。」

「咦……為什麼是我！」

「我哪知道！王子……第一王子沒有眼光！居然說不要娜塔莉，叫我找妳過來。妳這傢伙的傳聞，殿下應該也有聽說啊。」

我不禁驚呼，爸爸不耐煩地回答我。

這個人用「妳這傢伙」叫女兒耶。

啊——人渣。我爸真是個人渣。要不要我用火魔法把你的條碼頭燒成無毛地帶啊？

話說回來，到底是怎麼一回事？

我試著整理狀況。

第一王子是艾迪亞特王子對吧？

企圖殺掉男主角亞諾魯德的反派角色。

哥哥艾迪亞特是無藥可救的笨蛋王子，跟優秀的弟弟亞諾魯德形成對比。

可是小說裡面，艾迪亞特照理說是在女主角米蜜莉雅登場後才出現。根據原作的劇情，他跟亞諾魯德一樣並未參加茶會。

因為艾迪亞特也不想跟傳聞中性格傲慢的克拉莉絲見面。

日後，反派千金克拉莉絲和反派王子艾迪亞特，接受魔族皇子迪諾的力量，成為最恐怖的反派組合。兩人雖然為了自身的利益結為同盟，卻沒有把對方當成夥伴。反而互相厭惡。

在主角米蜜莉雅和亞諾魯德不在場的狀況下，艾迪亞特．赫汀到底找我有什麼事？

另一個序章

◇◆大知視角◆◇

我叫結城大知。

自認過著一帆風順的人生。

嚴格的父親、溫柔的母親，以及可愛卻越來越目中無人的弟妹。

受到一定程度的寵愛，在父母的呵護下長大，多虧嚴格的父親教導有方，進入一流大學就讀，進入一流企業就職。

不曉得是面試給人良好的印象，還是從培訓成果判斷的，我剛畢業就被分配到大公司的人事部。

新人鮮少會被分配到人事部，父親也很高興我踏上了飛黃騰達之路。

事實上，人事部對我來說確實是天職。帶新人、按照企業策略考慮人事分配，令我幹勁十足。

啊，唯一的煩惱是沒有女朋友。

我的長相平凡無奇，即所謂的普男，所以不怎麼引人注目。就算去參加聯誼，肯定會淪為陪襯……不過多虧我的職位還不錯，爸媽幫我挑了許多相親對象。

我淡定地檢視相親照……喔，這位小姐挺可愛的。

看起來有點強勢，卻有著堅定的目光。笑容也很有魅力。

山本穗香小姐嗎？

我想想，如果對象是她……

我打電話告訴爸媽我喜歡這個人，他們看到我終於有打算結婚，高興得不得了。父親是最有幹勁的，說要立刻答覆對方。

然而過沒多久，父親就一副惋惜不已的樣子通知我結果。

那位小姐最近意外身亡了——真的好可惜，她那麼可愛。

在那之後，我的工作經常遇到瓶頸。

原因之一是企畫科的後輩，清水正也。

這傢伙三番兩次在客戶的公司引發問題，現在身心狀況不佳，便暫時由人事部照顧。說是身心狀況不佳，他只會動不動就嘆氣、碎碎念而已。還是會來公司上班，也能處理簡單的業務。

在企畫科派不上用場的這個人，還沒決定好之後要分配到哪個部門。上司現在也很頭痛。

他在旁邊會分散我的注意力，害我無法專心工作，因此我滿心期盼快點決定要把他調到哪個部門。聽說清水跟女友交往得不順利，每天都在吵架。

我聽他抱怨過一次，馬上後悔不該過問。

「我……企畫書寫不順，去找前女友求救。可是她把我封鎖了，我只好去前女友的公司找她……得知她死於一場事故。」

喂喂，工作不順就去向前女友求救？

而且還跑去她的公司？搞不好會違反跟騷法喔？

聽到這裡我就已經無言了，他卻哭哭啼啼繼續跟我訴苦，於是我忍耐了一下，決定聽他說完。

「她的部門現在一團亂……一堆員工在為她的死哀嘆。」

「哦，看來她是一位挺優秀的員工。」

「她在公司會被人暗地罵雞婆，不過新人好像都要靠她照顧。我猜是因為她去世後，少了可以幫忙解決問題的人，那些人才發現她的好。」

這句話也能套用在拋棄現任女友，跑去找前女友的你身上喔？

清水把自己的問題擱在旁邊，拚命詆毀前女友的公司。然後淚流不止，嗚咽著向我抱怨。

「嗚嗚……我現在的女朋友跟前女友不同，不肯幫我打掃。也不會幫我做好吃的蘋果派和鹹派。嗚嗚……衣服也不幫我洗，嗚嗚嗚……我工作那麼累，回家後她卻連晚餐都沒煮，只顧著睡覺。也不會幫我工作。好想再吃一次她做的蘋果派……」

——你還是去重新投胎吧。

差點脫口而出。你怎麼一直拿前女友跟現任女友比較？會幫另一半處理工作的女友屈指可數好不好。

聽說清水在身心出狀況前，經常提出優秀的企畫，十分活躍，那些企畫該不會是女朋友想的吧？

他的私生活和工作都過度依賴前女友。而且我後來才知道，是他自己拋棄前女友，跟現任女友交往的。

「現在這個女友那麼柔弱，必須由我來保護！前女友就算少了我，也能過得很好。」

清水是這樣說的，那麼你為何覺得柔弱的現任女友，會跟前女友一樣幫助你呢？再說，你自己都無法自立了，哪可能保護得了柔弱的女友。

那麼依賴廚藝好到會做蘋果派跟鹹派，還會打理其他家務，連工作都願意幫你做的女友，卻毫無自覺，跑去找小女生。真是無藥可救的垃圾。

如果我有這麼好的女朋友，會感激不盡，一輩子珍惜她。

為什麼這種人反而遇得到好對象？

另一個序章

世界真不公平。

人生真殘酷。

某一天，我格外疲憊，坐在公車的位子上打盹。

刺耳的煞車聲使我睜開眼睛。

一輛貨櫃車從車窗對面衝過來。

玻璃碎掉的聲音、金屬壓爛的聲音。

我不知道發生了什麼事。

公車倒下，我被一堆人壓在底下，後腦杓傳來衝擊。

我大概死掉了。

雖然過著一帆風順的人生，但我還沒談過戀愛，也還沒結婚！

居然死在這種地方……！

太過分了吧，上帝啊啊啊啊啊！

第二章

一覺醒來成了反派王子

◇◆艾迪亞特視角◆◇

醒過來時，我躺在豪華的床上。

這裡是哪裡？我應該被捲入了公車車禍啊。

有超級大富翁救了我？怎麼可能會有這種小說般的展開？

得先起來跟家主道謝。

我從床上起身，走向房門。

在途中看到三面鏡中的自己，瞪大眼睛。

這名少年是誰？

金色的頭髮、天藍色的眼睛、無可挑剔的端正相貌。宛如從畫裡跑出來的天使。

我伸手碰觸臉頰。鏡中的金髮少年也跟著把手放在臉頰上。

這是我嗎？

到底是什麼情況？

第二章
一覺醒來成了反派王子

我差點陷入錯亂，逐漸想起現在的自己的記憶。

沒錯，我叫結城大知……不對，是赫汀王國的第一王子。

艾迪亞特・赫汀。

不過記憶裡混入前世的記憶，導致我這次真的陷入錯亂。

艾迪亞特・赫汀跟我在妹妹的推薦下看的小說《命運之愛～平民少女的王妃之路～》裡面的登場人物同名。

那部小說是赫汀王國第二王子亞諾魯德・赫汀，和被選為聖女的庶民少女米蜜莉雅的愛情故事。

然而，亞諾魯德的同父異母兄弟——第一王子艾迪亞特・赫汀也對米蜜莉雅一見鍾情。

詳情容我省略，艾迪亞特出於對弟弟的自卑感跟嫉妒而發狂，步入歧途，由魔族皇子激發他的力量，成為「暗黑勇者」。

然後跟同樣嫉妒米蜜莉雅，步入歧途的「黑炎魔女」克拉莉絲一同率領魔物大軍，攻進王城。

可是聖女米蜜莉雅覺醒了愛的力量，重創魔物大軍，亞諾魯德也用勇者之劍打倒艾迪亞特和迪諾。

事情圓滿落幕，亞諾魯德與米蜜莉雅舉辦了婚禮，迎接幸福快樂的結局，是個老套到不行的故事。剛開始看戀愛小說的妹妹，肯定看得心跳加速。

站在我個人的角度來看，亞諾魯德．赫汀這個角色不僅忘記自己身為王子，還在有未婚妻的情況下迷上其他女人，光這一點就夠渣了，他又迎娶沒受過王妃教育的庶民少女米蜜莉雅作為王妃，亂七八糟的劇情可笑至極，根本是個作者想怎麼寫就怎麼寫的故事。

但越是回想前世的記憶，我就越覺得自己是那個被渣男殺掉的反派王子艾迪亞特．赫汀。

怎麼？這是傳說中的轉生嗎？不是小說般的展開，這裡就是小說中的世界？

的確，插畫裡的人物如果跑到現實世界，應該會長這個樣子。我遇到轉生成小說人物的那個情節了嗎？

為什麼偏偏轉生成反派王子……總之先在腦中整理一下情況吧。

現在的我今年十七歲。

不擅長念書，老師也說我沒有魔法天分，唯一擅長的劍術遲遲得不到認可……是個對優秀的弟弟抱持自卑感的小夥子。

記得在小說裡面，這個時間點亞諾魯德差不多該跟克拉莉絲訂婚了？

對喔，這麼說來，克拉莉絲．夏雷特今天應該會來這裡。

她預計以亞諾魯德未婚妻人選的身分，參加我的母親王妃殿下主辦的茶會。

根據原作的劇情，亞諾魯德抱怨過不希望據說是個惡劣千金的克拉莉絲是自己的未婚妻。於是他為了避免見到克拉莉絲，並未參加茶會。

光靠謠言判斷一個人的人品，真沒用。那種東西要見到本人才會知道吧？

小說裡的艾迪亞特也盡信謠言，剛開始對克拉莉絲避不見面，我不會這麼做。

小說中的她是作為「黑炎魔女」發揮強大力量的角色。我想親眼看看她是什麼樣的人。

平常我都是叫女僕來協助我更衣，可是艾迪亞特啊，你已經十七歲了。用上輩子的說法就是高二生。自己的衣服要自己穿。

我先著手整理頭髮，啊，眉毛最好也修一下。仔細一看，雜毛挺多的。

記得隔壁的衣帽間的架子上放有化妝套組。照理說會有剃刀。

我拉開架上的化妝盒，拿出剃刀。

然後坐在三面鏡前面用剃刀修眉，梳理頭髮，抹上定型液。髮油是用天然素材製作的高級貨，不愧是王族用的。我用它整理頭髮，選擇比較好穿、便於行動的衣服。

穿上披風後就出去吧。

社交活動固然麻煩，身為一國的王子，就得履行職責。

看到我走出房間，在門外待命的女僕們睜大眼睛。

八成是因為我已經整裝完畢了。

我的隨從——伯爵家的公子卡堤斯馬上跑過來。

根據原作的劇情，這傢伙侍奉的對象明明是我，卻想把亞諾魯德拱上王位。

對主角亞諾魯德而言是可靠的同伴，在我眼中卻是個叛徒。雖然當事人聲稱他打從一開始就是跟隨亞諾魯德，所以不算背叛。

不管是在小說還是現實世界當中，卡堤斯．海利動不動就會拿我跟弟弟亞諾魯德比較。每次聽到他這麼說，我都會感到自卑。

對了，小說裡面艾迪亞特被卡堤斯嫌得一無是處，陷入消沉時，是由女主角米蜜莉雅鼓勵他。艾迪亞特感激心地善良的她，對她越來越有好感。

男人對會捧自己的女性沒有抵抗力。尤其是不常被稱讚的笨蛋王子，想必沒多久就會淪陷……我一副置身事外的態度。

「真令人驚訝。您是自己更衣的？」

「嗯。」

「哈哈哈，也對。您也該學會自己整理儀容。亞諾魯德殿下早就是自己更衣了。」

……就像這樣。他看不起我。

每當我做些什麼，這傢伙總愛拿我跟亞諾魯德比較。你那麼喜歡我弟，幹嘛不去侍奉他？

然而根據原作的設定，他是亞諾魯德的母親——第二側妃特蕾絲派來的間諜。假如我所在的現實世界跟原作的設定一樣，他應該沒辦法隨便離開我身邊。

既然是間諜，希望他表現得像個間諜。最好不要光明正大稱讚亞諾魯德。

老實說，卡堤斯．海利並不適合當間諜。

恢復記憶前的我確實也有問題，不過到頭來，我就是個權力鬥爭的犧牲者。

既然前世的記憶恢復了，我就不會被其他人所說的話影響，也不會過度依賴人。更遑論自卑。弟弟優秀又有何妨？

講白了點，我對國王這個麻煩的地位沒興趣。話雖如此，王族也有應盡的義務。

今天的茶會由我的母親——王妃梅里雅．赫汀主辦，除了我和亞諾魯德的未婚妻人選，想認識那些千金小姐的貴族子弟也會參加。

類似上輩子的相親派對。

克拉莉絲．夏雷特是王室指名的亞諾魯德的未婚妻人選之一。論身分、血統都是最有力人選。

擁有廣大領地的夏雷特侯爵家長女，母親還是大公家的人。

王室好像已經決定立亞諾魯德為王太子，在選未婚妻一事上也極其用心。

我在這個時候是活在弟弟影子下的可悲哥哥，因此王室並沒有認真幫我挑選未婚妻。

也罷，王室是這個態度，我就自己挑選有力的人才吧。

儘管我對王位毫無興趣，但既然轉生成了王族，還是希望將來的伴侶是優秀人才。

我沒打算愛上身為平民的米蜜莉雅，也完全不覺得自己會因為嫉妒而發狂，步入歧途。

不過就算不考慮這些，也該為自己的前途著想。

王室特地為他鋪好路，跟我的待遇差了十萬八千里的亞諾魯德卻不來參加茶會。

我委婉地詢問卡提斯：

「亞諾魯德不參加嗎？」

「亞諾魯德殿下因為腹痛而缺席。」

「……哦，腹痛啊。」

跟原作一樣，亞諾魯德為了避免見到克拉莉絲，拿肚子痛當藉口缺席茶會。

王城東側的白玫瑰園已經準備好召開茶會，賓客也聚集而來。

「哎呀，艾迪，你比我想像中還早到。」

我的母親——王妃梅里雅．赫汀發出銀鈴般的笑聲。

鮮豔的金髮全部盤起，堇紫色的眼睛有著明顯的雙眼皮。是個天真無邪的濫好人。

講白了點，今天的茶會是為亞諾魯德舉辦的活動。我認為她不需要為沒有血緣關係的兒子做到這個地步，可是母后挺愛管閒事的。

「對不起，不小心睡過頭了。」

「呵呵呵，沒關係，有趕上就好。話說回來，女僕把你打扮得特別好看呢。你今天比平常還帥。」

「……」

不是女僕幫我打扮的，但我刻意隱瞞實情。

因為我覺得就算告訴她我是自己打理儀容的，她也不會相信。

白玫瑰園已經聚集了許多賓客……我的異母弟弟的未婚妻人選也來了嗎？

就在這時，一名少女走到我面前。

「初次見面，艾迪亞特先生。我是夏雷特侯爵家的次女娜塔莉。」

「次女？長女克拉莉絲呢？」

少女身體一顫，眼眶泛淚。

她拿出手帕按住淚水快要奪眶而出的眼角，用顫抖著的聲音向我哭訴。

「姊姊她……不准我來參加這場茶會……嗚嗚……可是我無論如何都想見到一心崇拜的您……嗚嗚……所以我拜託爸爸帶我一起來。」

「——那麼，克拉莉絲在哪裡？」

「姊姊受到爸爸的訓斥，被關在房間反省。今天由我代替姊姊出席。」

娜塔莉用擦過眼淚的手帕掩住嘴角，低下頭，我露出苦笑。

頭腦簡單的男人，應該會被這張純真可愛的臉騙過去，對娜塔莉說的話照單全收。

但她還有得學呢。起初她含淚表示自己被欺負，堅強地向我傾訴，可惜光用手帕掩住嘴角，藏不住告訴我姊姊被關在房間時的輕快語氣。

姊姊被關禁閉，娜塔莉想必很開心。

原作並未描述這場茶會的詳情。

因為重點在於亞諾魯德沒有參加這場茶會。這場茶會只有一筆帶過，以強調他有多討厭王室幫他挑的未婚妻。

實際出現在茶會上的卻不是克拉莉絲，而是娜塔莉。

不知為何，劇情走向跟小說不一樣。

「艾迪亞特先生——我一直、一直很崇拜您——」

「……」

甜膩的聲音，以及害羞地扭動身子的模樣，乍看之下是挺可愛的。不過，這個人根本不懂禮節。

用名字稱呼王族時，敬稱一定是「殿下」，不可能用「先生」，除非關係親密。

假如亞諾魯德有出席，娜塔莉大概不會來找我搭話。

我是第一王子，王妃的小孩。本來被指定為正統的王太子也不奇怪，可是亞諾魯德好像比我優秀得多，他成為王太子才是既定路線。

話雖如此，我好歹也是個王子。是如假包換的王太子人選，所以娜塔莉才會姑且對我獻媚一番吧。搞不好只要是王子，她誰都不介意。

小說裡提到克拉莉絲和娜塔莉兩人之中，有一個要嫁給王族，王室指名的未婚妻是由跟王家有親戚關係的大公家出身的女性生下的克拉莉絲，而非母親是男爵家之女的娜塔莉。

克拉莉絲成為王太子的未婚妻後，娜塔莉就再也沒有出場過，因此我不太清楚她具體上是什麼樣的角色。目前知道的，只有她非常沒禮貌。

這時，一名女子走過來對我行屈膝禮。

從相似的面孔推測，應該是娜塔莉的母親。對克拉莉絲來說就是繼母。

「向王妃殿下、王子殿下問好。我是沙蕾特侯爵的妻子貝魯米拉。我想兩位也聽說過，我的大女兒不懂禮節，我判斷她不適合參加這場茶會，便帶了次女娜塔莉代替她。」

「哎呀，原來如此。」

母后把貝魯米拉的藉口當真，對她表示同情，我差點忍不住咂嘴。

這個人不懂得懷疑別人，天真到我懷疑她怎麼有辦法當王妃……

要論不懂禮節，娜塔莉也一樣。而且女兒行為不合宜可謂一家之恥，照理說不可能直接在社交場合上提及，他們卻未經王室的同意，擅自找人替代。

一旦接受這種說法，母后……不如說王室會被人瞧不起。更正確地說，已經被人瞧不起了。

我悄聲嘆氣，冷冷詢問貝魯米拉：

「意思是，你們拒絕聽從王室的要求嘍？」

「咦……」

貝魯米拉的表情因驚訝而僵住。

她緊盯著我的臉，努力用平靜的語氣否認。

「不，沒這回事。」

「正式受到招待的是克拉莉絲．夏雷特。代理參加一般的茶會也就罷了，這次他可是以王族未婚妻人選的身分受到招待……看來你們並沒有把王族的要求放在眼裡。」

「您、您還年輕，所以不知道！我們判斷克拉莉絲不夠格當王族的未婚妻──」

「王室基於身分、血統，再加上大公家及諸位貴族的強烈推薦等各種理由，選擇了克拉莉絲。輕視王室的判斷，擅自做出決定，看來各位挺瞧不起王室的嘛？」

「不……不是的……那個。」

「我會向父王報告夏雷特家的所作所為。」

「請、請等一下！我們絕無此意。」

「既然如此，立刻把克拉莉絲．夏雷特帶過來。」

「──！」

我加重語氣，娜塔莉和貝魯米拉臉色蒼白，嘴巴一開一合。

其他貴族聽見我們的對話，不知道在竊竊私語什麼。

我的意見十分合理。其中還有人聽見我那番話，對貝魯米拉投以冰冷的視線。

貝魯米拉似乎受不了那樣的眼光，連忙帶著娜塔莉離開。

母后膽顫心驚地問我：

「艾、艾迪，你什麼時候變成那麼可怕的孩子？貝魯米拉是我的朋友喔？她以繼室的身分嫁進夏雷特家，卻被前妻的女兒克拉莉絲任性的舉動搞得很頭痛，之前才跟我抱怨吃不消呢。」

「什麼……？會應付不了區區十七歲的少女，為此抱怨，我反而覺得她沒資格當侯爵夫人。」

「你、你怎麼這樣說！她很可憐的。」

「我只是在陳述事實。母后妳才是，就算貝魯米拉侯爵夫人是妳的朋友，妳未免太站在她那邊了。」

我斬釘截鐵地對困惑的母后說。

王妃梅里雅．赫汀精通外文，善於社交，卻是個天然呆，容易受騙。

世人認為我的母親王妃梅里雅，跟亞諾魯德的母親側妃特蕾絲是朋友。特蕾絲卻在私下增加願意支持自己的貴族。

儘管這只是小說的劇情，不過恐怕在現實世界中，特蕾絲也在跟母后友好相處的同時，偷偷拓展自身的勢力。

大部分的貴族都捨棄我這個第一王子，支持亞諾魯德，這個狀況明顯不正常。

母后悠哉度日的期間，特蕾絲——或是特蕾絲手下的貴族八成已經拿金錢或權力作為餌食，拉攏其他貴族。

根據原作的劇情，梅里雅．赫汀最後會因為愚蠢的兒子艾迪亞特率領魔物大軍，企圖殺死同父異母的弟弟，難過得自殺。為了不讓母親喪命，我絕不能做那種蠢事。

話說回來，卡堤斯一直在瞪我。

他彷彿在把我當成異類看待……不意外，以前的我不可能敢斥責年紀跟父母差不多的侯爵夫人。

我也想表現得跟平凡的十七歲少年一樣啊。我想盡量避免引人注目，但貝魯米拉跟娜塔莉的言行舉止讓我看不下去，沒辦法置之不理。

我坐到母后對面的位子，決定先喝杯茶再說。我打算等真正的克拉莉絲到場。

我想親眼判斷她是不是真正的壞女人。

日後她雖然會變成人稱「黑炎魔女」的可怕魔女，但原本可是優秀的魔法師。

而且她對亞諾魯德好像挺專情的，也會認真接受王妃教育，好讓自己將來能成為稱職的王妃。

光看小說，我絕對不會想讓米蜜莉雅當王妃。

米蜜莉雅擁有聖女之力，但沒人知道她的力量何時會發動。比起那種力量，讓能夠穩定攻擊敵人的魔女當夥伴肯定比較好。

過了近一小時，夏雷特侯爵急忙跑到我面前。

他拚命鞠躬道歉，滔滔不絕地開始辯解。

「這次內人個人的判斷令殿下感到不快，真的萬分抱歉。但內人是為王室著想，才讓我們家最優秀的女兒代為參加。」

那副德行叫最優秀的女兒嗎……笑死人了。

溺愛女兒也該有個限度。那麼無禮的人叫最優秀的女兒，我看夏雷特侯爵家也撐不久了。

我對夏雷特侯爵投以銳利的視線，厲聲詢問：

「我不想聽藉口。你把克拉莉絲帶來了吧？」

「是、是的。不、不過，她不是配得上殿下的女孩……喂，克拉莉絲，過來。」

他呼喚克拉莉絲的態度格外高傲。

身穿褪色的樸素禮服，紅髮綁成馬尾，雖說小孩不用化妝，肌膚卻看不出有特別保養。給人一種沒準備過就跑來這裡的印象。

嘲笑克拉莉絲的聲音傳入耳中。

「呵呵……虧她有臉穿成那樣出現在社交場合。」

「她就是那個傲慢不受教的千金小姐？哎呀，看看這寒酸又土氣的模樣。夏雷特侯爵真可憐。」

「和娜塔莉女士判若雲泥。」

聽見貴族們的竊竊私語，夏雷特侯爵心滿意足，得意地說明：

「如我剛才所說，她會對妹妹口出暴言，管都管不動。王室願意指名小女，我深感榮幸，但這女孩不夠格當王太子妃，因此在下畢爾蓋斯．夏雷特，想要推薦次女娜塔莉．夏雷特為王子的未婚妻人選。」

就算對妹妹口出暴言是真的，這男人居然公然貶低自己的女兒，看來他並沒有把克拉莉絲當成家人對待。

我冷冷詢問侯爵：

「我想問一下，侯爵家的經濟狀況有困難嗎？」

「什麼？」

「就連幫女兒準備一套適合參加社交場合的衣服都做不到……還沒配戴任何飾品或髮飾。」

「咦……啊……不是……這身衣服是內人準備的。」

「哦？她穿的是夏雷特夫人挑的衣服？」

「呃……是的……」

「夏雷特夫人不是被任性的大女兒搞得很頭痛嗎？怎麼還有辦法讓她穿上那件有點髒的樸素禮服？任性得管不動的女兒，理應會要求更豪華的衣服吧？」

「啊……那個……內人建議克拉莉絲穿更符合這個場合的禮服，但這孩子不聽話，堅持要穿這件。」

「你剛才不是說這件樸素的禮服是你妻子選的嗎？我跟你沒什麼好說的。會馬上忘記自己說過什麼話的人，不值得信賴。」

「——」

我直截了當地對伯爵說。畢爾蓋斯．夏雷特好像有點失智喔。

娜塔莉剛剛穿的禮服，是怎麼看都絕對不便宜的華麗禮服，克拉莉絲的禮服看起來卻是庶民的外出服。

從這一點就能看出克拉莉絲的家人對她很冷淡……她之所以會成為反派角色，也有相應的原因吧？

我起身走到克拉莉絲身邊。

她疑惑地抬頭看著我。

唔，眼角上揚的玫瑰金眼睛，在偏長的瀏海底下若隱若現，有點像貓，給人一種好勝的印象。肌膚白皙，綁成馬尾的紅髮解開後，應該會披散在背部。

我感覺到胸口揪了一下。

她的穿著打扮或許頗為樸素，不過近看會發現她是個漂亮的女孩。眼睛雖然有點上吊眼，長相卻跟人偶一樣可愛。

前世的我是俗稱的普男，長相平凡無奇。由於我念的是男校，認識的女生並不多，升上大學後也沒有女生看上我，或許是因為我沒有存在感。

我擁有三十多歲的前世的記憶，也擁有十七歲少年的感情，遇到初次見面的同年代美少女，自然會跟這個年紀的男生一樣忍不住心跳加速。

可是，不能光看臉就讓她成為王室的成員。

「初次見面。我是夏雷特侯爵家的長女，克拉莉絲．夏雷特。」

她屈膝對我行禮，低著頭，盡可能避免看見我的臉。

……跟小說裡的克拉莉絲氣質大不相同。

身為反派千金的克拉莉絲，是會在內心鄙視愚蠢的艾迪亞特．赫汀，利用他的嫉妒心和自卑感的人。

如今身在此處的克拉莉絲卻恭敬地向我問好，看不出輕視我的跡象。

至於她真正的想法就不得而知了。搞不好是因為初次見面，才裝出懂事的樣子。

「妳好。可以把臉抬起來嗎？」

她緩緩抬頭。

嗯，眼神不錯。

眼中的光輝沒有一絲動搖，感覺得出堅定的意志。絕對不是野心勃勃的凶狠眼神，而是反映了堅強內心的光輝。

「我叫艾迪亞特．赫汀。今天妳只要放輕鬆享受茶會就好。」

我雖然這麼說，但沒有貴族會把這句話當真，放輕鬆享受茶會。

克拉莉絲也明白這一點，再次向我鞠躬，講出令我意想不到的話。

「恕我直言。聽說殿下方才指定要我到場。像我這樣的人真的沒問題嗎？如家父所說，我任性妄為，總是為難傭人。對妹妹口出暴言也是事實。」

假如她真的是無藥可救的人，就不會在這個地方莊重地懺悔。

小說中的克拉莉絲為了成為王太子的未婚妻，拚命展現自己的長處，這番話卻正好相反。

從言行舉止來看，她好像不會特別想成為亞諾魯德的未婚妻。最好把這女孩跟原作的克拉莉絲視為不同人物。

此刻站在我眼前的克拉莉絲，實在不像性格惡劣的壞女人。

反而是妹妹娜塔莉更符合那個形象。不過克拉莉絲本人都承認她對妹妹口出暴言了，我便沒有否定，試著繼續跟她交談。

「以後別再那樣對妹妹就好。」

「不過，我犯下的過錯並不會消失。」

「確實如此，但妳可以重新來過。而且，妳叫妹妹不要參加茶會是對的，因為我們並沒有招待她。就我看來，未經王室的同意擅自出席，還擺出一副受害者的態度，反而更有問題。」

夏雷特侯爵聞言，整個人縮起身子。

在場的貴族們也一陣騷動。

克拉莉絲緊盯著我，目瞪口呆。妳這樣看我，我會不好意思的。

她猛然回神，急忙轉換話題。

「請、請問，亞諾魯德殿下呢？」

「他好像肚子痛，以防萬一，沒有出席今天的茶會。」

「（果然是）這樣呀。這個季節身體很容易出狀況，請殿下保重。」

亞諾魯德沒來參加，她看起來不怎麼失望。

反而一臉安心。克拉莉絲據說是最有可能成為亞諾魯德未婚妻的人選，或許對她來說，這是個沉重的負擔。

克拉莉絲走向母后，行了一禮。

「參見赫汀王國慈愛的象徵梅里雅王妃殿下。」

面對國王、王妃及側妃時，固定要這樣致意。

並非強制性的，不過重視禮節的貴族，一開口都是這句固定台詞。

少了那句話，有些難搞的王妃甚至會直接拒絕跟對方交談。

至於母后，嗯，她沒那麼難搞。

「梅里雅王妃殿下，非常感謝您今日邀請我參加這麼棒的茶會。」

「呵呵呵，不要太任性，給貝魯米拉造成困擾喔。她是我的朋友。」

「我會銘記在心。」

母后對貝魯米拉的話照單全收，害我有點火大，克拉莉絲卻深深低下頭。沒有反駁，以恭敬的態度應對，顯得比母后更成熟。

我叫克拉莉絲入座，坐到她旁邊望向站在克拉莉絲身後的夏雷特侯爵。

「具體上來說，克拉莉絲做了哪些任性的舉動？」

聽見我的疑問，夏雷特侯爵嚇得身體一顫。

克拉莉絲八成沒有真的做些什麼。反而有可能是因為提出合理的抗議，被當成任性的要求。

夏雷特侯爵八成在絞盡腦汁思考克拉莉絲任性的行為，以博取社交界的同情。過沒多久，他用手帕拭去額頭的汗水，如連珠砲似的說：

「例、例如……她會吵著不吃廚師長準備的點心，不肯穿內人特地挑給她的衣服，還會嫌房間太髒不想住，砸破盤子不吃廚師用心烹煮的料理。」

「哦，這樣啊。」

我應聲附和，彷彿在表示同情，夏雷特侯爵心情大好，咬牙切齒地瞪著克拉莉絲的背影說：

「沒錯。這孩子最後甚至把沙拉裡面的蟲子塞給妹妹娜塔莉。她不愛吃蔬菜，連沙拉都會挑。」

「嗯？沙拉裡面有蟲啊。真是位優秀的廚師。」

得意忘形的夏雷特侯爵聽見我的嘲諷，像結凍似的頓時僵住。

「沙拉裡面有蟲，換成是我也會抱怨。」

「那、那位廚師不是故意的……」

「正常。萬一他是故意的，那可是大不敬。母后看到沙拉裡面有蟲，會乖乖吃掉嗎？」

我望向母后詢問。她似乎在想像有蟲的沙拉，鐵青著臉搖頭。

「怎、怎麼可能……我會大吃一驚，搞不好會嚇得尖叫。」

「但、但她把那隻蟲丟給妹妹！對不對！克拉莉絲！」

聽見王妃這麼說，夏雷特伯爵急忙解釋，並用帶有威脅性的語氣催促克拉莉絲承認。

「……家父說的沒錯。」

克拉莉絲面無表情，點了點頭承認。其他貴族見狀，紛紛露出冰冷的眼神。

連母后也不悅地皺眉。

怎麼看都是父親在逼小孩承認自己並沒有做的壞事。

「克拉莉絲對有蟲的沙拉有意見，你是不是氣得大罵她任性？她是想讓你明白自身的處境，才把蟲丟給坐在隔壁的妹妹吧？」

「不，不是！克拉莉絲想欺負妹妹！我只是念了她幾句。」

「這樣啊，可是在責備克拉莉絲前，是不是該先罵一下你們家的廚師？」

「那是她……」

「你這次該不會要說，是克拉莉絲故意帶蟲過來的吧？」

夏雷特侯爵聞言，臉色都僵住了，臉上寫著：「你怎麼知道我要說什麼？」既然你想把克拉莉絲塑造成壞人，我當然猜得到你會搬出這種藉口。

我喝了口紅茶，對夏雷特侯爵說：

「啊，還有，有人拿那種褪色的樸素禮服給自己穿，正常的貴族之女都會想抱怨。」

「——」

夏雷特侯爵無言以對，只能低下頭，面無血色。

「確實如此……」

聽完一連串的對話，母后輕聲贊同，愁眉苦臉地望向夏雷特侯爵。

「夏雷特侯爵，你是不是對克拉莉絲太嚴苛了？」

「呃……不過……」

他試圖對母后解釋，卻想不到好藉口，驚慌失措。我又從旁補上一句抱怨。

「比起那個，建議你教一下娜塔莉社交禮儀。初次見面就隨便叫王族的名字非常失禮。用名字稱呼對方時，記得加上『殿下』這個敬稱。」

「哎呀！娜塔莉這樣叫你嗎！」

母后得知娜塔莉有多沒常識，大為震驚。

她對於指控克拉莉絲任性不受教的夏雷特侯爵也起了疑心，表情五味雜陳。其他貴族亦然。

「……從這個狀況來看，克拉莉絲才是被欺負的那一方吧？」

「樸素的禮服也好，沒有好好整理過的頭髮也罷。正常的父母理應會更用心地幫女兒打扮。」

「不過娜塔莉小姐就打扮得漂漂亮亮，彷彿要跟人炫耀。再怎麼說，這個差距也太大了。」

「嗯——聽起來像繼母和她的女兒在欺負前妻的女兒。」

夏雷特侯爵低著頭，面紅耳赤。

克拉莉絲似乎在為現在的狀況感到困惑。

不意外。家人和社交界都把她貼上壞女人的標籤，如今她的處境徹底逆轉了。

「克拉莉絲，嚐點餅乾吧。」

我向她提議。

克拉莉絲盯著我的臉，猛然回神，戰戰兢兢地低頭拿起一片餅乾。咬下一口的瞬間，她眼泛淚光，臉頰染上玫瑰色。

看似在仔細感受餅乾的口感及味道。

她吃得那麼樂，甜點師也會很滿足吧。她的表情就是這麼開心。

克拉莉絲在跟我四目相交的瞬間羞紅了臉，低下頭。

「啊……餅、餅乾十分美味，所以我太感動了。請問這是哪家的餅乾？」

「妳很喜歡的樣子。」

「是、是的……從來沒吃過這麼美味的餅乾。」

「……」

這種餅乾是數年前，王室的御用甜點師在王都開甜點店販售的代表性商品，在貴族間屬於基本款茶點。不是多珍稀的東西。

而她居然說她從來沒吃過？至今以來，她的家人都在讓她吃什麼？

夏雷特伯爵剛才說克拉莉絲吵著不吃廚師長準備的點心，從現有的情報判斷，是不是點心有問題？

小說裡沒有寫到，克拉莉絲．夏雷特住在家裡時，是不是吃了許多苦？其他貴族也在交頭接耳，我認為並不是繼母被任性的繼女搞到頭痛，而是繼母在虐待繼女。

原作的克拉莉絲會對亞諾魯德的未婚妻這個地位如此執著，說不定是想報復家人，還有不想回去過那樣的生活。

克拉莉絲恐怕一直活在不舒服的環境下，即使處於逆境當中，她仍未失去眼中的光輝。

她這輩子第一次參加社交活動，略顯緊張，卻沒有怯場。冷靜觀察周圍的情況，表現得彬彬有禮。難以想像她跟剛才的娜塔莉是姊妹。

母后好像也從喝紅茶的姿勢和一點小動作感覺到她的氣質，感慨地看著克拉莉絲。

謹慎回答對方的問題，明白自己是新人，絕對不會搶鋒頭。

誰說她是不懂禮節的傲慢千金？

真是個大騙子。

至少如今在我眼前的克拉莉絲反而是無可挑剔的淑女，在社交場合上絕對不會丟臉。

……我決定了。

我要指名克拉莉絲．夏雷特當我的未婚妻。

以王族的未婚妻來說，這名女子堪稱完美無缺。

反正亞諾魯德會拒絕她，應該不成問題。避之唯恐不及的未婚妻人選變成哥哥的伴侶，他肯定舉雙手贊成。

刻意跟反派千金締結婚約，還可能發展成跟原作截然不同的劇情。

……除此之外還有各種原因，不過我想跟她訂婚的最大理由，是一見鍾情。

克拉莉絲．夏雷特太可愛了。越看越符合我的喜好。

即使她的本性是惡劣的反派千金，我也會祭出上輩子的技能重新教育她，因此完全無所謂。

我的未婚妻，是克拉莉絲．夏雷特。

第三章 反派千金與反派王子訂婚

◇◆克拉莉絲視角◆◇

我是克拉莉絲．夏雷特。

不小心什麼都沒準備，就跑來參加王族主辦的茶會。

現在，艾迪亞特殿下坐在我旁邊，溫柔地笑著請我吃餅乾。

好像在作夢。那位反派王子儼然是個天使。

小說裡的艾迪亞特．赫汀內心對克拉莉絲極度厭惡，從未在社交場合上與她交談。

沒想到他會露出這麼溫柔的笑容……我雖然擁有年近三十的前世的記憶及知識，精神上卻還是十七歲。

所以相貌非常端正的同年男生對我笑，自然會跟十七歲少女一樣小鹿亂撞。

沒錯，艾迪亞特殿下被讀者叫做笨蛋王子，長相卻非常美形，不愧是小說的主要角色。

我拿起他推薦的餅乾，以免劇烈的心跳聲被聽見。

然後吃了一口……超好吃的——！

不愧是王族的茶會端出來的點心。這麼酥脆又纖細的口感，上輩子從未吃過。

啊啊啊……入口即化。

我無意間眼眶泛淚，仔細感受餅乾的滋味。

這副模樣好像全被艾迪亞特殿下看在眼裡，我突然一陣害臊，講話都走音了。

「啊……餅、餅乾十分美味，所以我太感動了。請問這是哪家的餅乾？」

「妳很喜歡的樣子。」

「是、是的……從來沒吃過這麼美味的餅乾。」

「……」

這時，艾迪亞特殿下露出複雜的表情。

咦、咦？我說了什麼奇怪的話嗎？這是王室的茶會端出來的點心，絕對不是隨便一家店買來的吧？

難、難道不是嗎？

王妃扶著臉頰，納悶地望向爸爸。

「這種餅乾貴族應該挺常吃的。夏雷特卿，你沒給克拉莉絲吃過嗎？」

「……不！怎麼可能？她在騙人。」

「她的反應不像在騙人。」

爸爸才在騙人，卻被艾迪亞特殿下一秒看穿。

他的臉色差到彷彿會立刻昏倒，我是不會伸出援手的。

想到他之前對我做過的事，這人最好被貴族好好鄙視一次。

「就算她在騙人，我還是很高興。瞧她吃得津津有味。」

「……沒、沒這回事。我沒有騙人。」

「呵呵呵，看得出來。」

好、好耀眼的笑容……！

能看見這抹笑容，當成我在騙人也沒關係……腦中瞬間閃過這個念頭。

艾迪亞特殿下的笑容威力拔群。光是跟他對上目光，心臟就快爆炸了。

雖說是反派，但不愧是小說的主要角色。

我故作自然地低下頭，喝茶穩定心神。

艾迪亞特殿下凝視著我……怎、怎麼了？無疑是溫柔的眼神，但他好像在觀察我？

儼然是面試時的面試官。面帶溫柔的微笑，卻給人被看穿的感覺。不過，年僅十七的男生不可能用那種眼神看我，肯定是錯覺。

「今年開始終於要去上學了。希望能跟妳同班。」

「對……對呀。」

不不不，我不想跟原作的主要人物扯上關係，不要同班比較好。

學校是按照成績分班，所以不好說。原作的艾迪亞特似乎不擅長念書，實際上不曉得如何。

漫長的春假結束後，我們就要去上學了。

貴族、王族子弟就讀的王立赫汀學園。

從學識到魔法、體術、劍術、社交舞等等，在那裡可以學到各種東西。跟我上輩子的學校學制不同，十七歲即可入學。對貴族子弟而言，是為了侍奉王室去上的職業訓練所，女性的話可以學習社交和禮儀，同時也是新娘修行場所。

赫汀學園是三年制學校，不過有人會在在學期間繼承爵位或結婚，提前畢業的學生也很多。

順帶一提，艾迪亞特殿下跟亞諾魯德殿下是同年的異母兄弟，因此身為兄弟卻是同一個年級。我跟娜塔莉亦然。

學校同時也是女主角米蜜莉雅遇見艾迪亞特和亞諾魯德的地方。

……我的大腦轉個不停，現在得專注在茶會上才行。

我喝了口茶，以平復心情。

嗯，是微甜的鮮奶茶。

這麼說來，原作裡有提到艾迪亞特殿下喜歡喝奶茶。他本人也確實在喝奶茶。

「艾迪亞特殿下喜歡喝奶茶嗎？」

「嗯，紅茶、咖啡我一定會加牛奶和砂糖。後面的卡堤斯會嫌我幼稚就是了。」

艾迪亞特殿下壓低音量，避免被站在身後的淡褐色眼睛、淡褐色頭髮的少年聽見。

哦，那孩子就是卡堤斯．海利啊。

他長得也挺帥的，不愧是主要角色。不過那銳利的眼神實在稱不上親切。

在小說裡面，他是主角亞諾魯德最忠實的部下。與魔族交戰時，他也有跟亞諾魯德一同奮戰。還為主人接下間諜這個骯髒的工作。他對反派艾迪亞特總是語帶嘲諷，對亞諾魯德則坦率如忠犬。

還有，他動不動就會當著艾迪亞特的面，拿他跟亞諾魯德比較。連讀者回應都有一堆「你要有身為間諜的自覺啊！」之類的吐槽，是個令人煩躁的角色。

喝個紅茶他搞不好都會說：「亞諾魯德殿下不會加砂糖。」

我下意識望向卡堤斯，不小心笑出聲來。他發現我在看他，回以疑惑的目光，我故作自然地別過頭。

之後，我們聊了正在吃的餅乾、紅茶、當季的植物、在赫汀學園不知道會度過什麼樣的學校生活等各種話題。

起初我還有點緊張，不知不覺就用自然的態度在跟艾迪亞特殿下聊天。

或許是因為許久沒跟家人和傭人以外的人說到話，儘管只是一些芝麻小事，但我聊得挺開心的。

我不經意地望向王妃，她面帶微笑看著我。她剛才對我完全處於戒備狀態，現在卻笑容可掬。

對喔，原作有提到，兒子艾迪亞特無法跟同年的少年少女融洽相處，王妃為此非常心痛。艾迪亞特自己也瞧不起其他貴族，那些貴族同樣沒把不如亞諾魯德的艾迪亞特放在眼裡。

歸根究柢，他連要怎麼跟同年的少年少女相處都不知道。

所以原作的艾迪亞特，內心才會累積那麼多負面情緒。

實際上的艾迪亞特殿下並未表現出瞧不起人的態度。而且以我跟他交談的感覺來看，他不像有社交恐懼症。

說不定是高貴的身分，導致他沒辦法跟同年的少年少女當朋友。

繼母貝魯米拉導致王妃原本對我的印象似乎不太好，不知道現在有沒有稍微讓她改觀。但願如此，畢竟我實在不想跟國王和王妃為敵。

艾迪亞特殿下也比想像中還親切。

跟他在一起很安心、自在，對王子產生這種感覺，總覺得怪怪的……這個人是王子沒錯吧？

可是，無意間跟他對上視線時，我會怦然心動。

那過度帥氣的長相真的很犯規。

「欸，克拉莉絲。」

第三章

反派千金與反派王子訂婚

「請、請說——！」

他在我因為跟他四目相交而心跳加速時，於我耳邊輕聲呢喃，害我嚇得身體一顫，聲音走調。

艾迪亞特殿下大概是覺得我的反應很有趣，輕笑出聲。

哇——我在緊張什麼啦～

「妳目前是我弟的未婚妻人選。如果我弟沒有選擇妳，妳願意成為我的未婚妻嗎？」

什麼…………？

他、他、他說什麼！

我反射性拚命搖頭。

「不、不……不敢當。我如家父所說，一直給身邊的人添麻煩。」

「就我看來，妳人不壞啊？」

「舍妹娜塔莉比我更加可愛、討人喜歡。」

「光憑可愛和討人喜歡，處理不了王族的公務。」

「對我來說負擔太重了……」

「正因為妳很清楚這是一個重責大任，我才會看中妳。」

這、這、這個王子是怎樣……我話還沒講完，就被他搶先封住退路！

跟原作的艾迪亞特差了十萬八千里！

那位反派王子頭腦簡單，女主角可愛的臉蛋及一兩句貼心的話語，就讓他一秒墜入愛河，這個人卻截然不同。

他不會靠謠言評斷我這個人，擁有立刻看穿爸爸說謊的洞察力，更重要的是口才很好。

神奇的是，我們很聊得來。該說電波有對上嗎？對方是十七歲的少年，照理說會跟擁有二十九歲記憶的我有代溝，不知為何，和他相處時卻覺得頗為自在。

艾迪亞特殿下將左手放到我的右手上，緊盯著我說：

「克拉莉絲，請妳成為我的未婚妻。」

過於標緻的臉蛋深情款款，深邃的美麗天藍色眼睛凝視著我，使我胸口緊緊揪起。

滿心只想著不想讓艾迪亞特殿下失望。

我幾乎是在無意識間——或者說反射性點頭答應。

◇◆◇

回到家中，我連晚餐都沒吃，直接撲到床上。

好累，好累，好累——！

誰想得到會突然被抓去參加茶會啦啦啦。

還要跟艾迪亞特殿下一起喝茶——！

『克拉莉絲，請妳成為我的未婚妻。』

深情注視我的俊俏面容烙印在眼底，揮之不去。

因為那對天藍色眼睛而看呆的我，一句話都回答不出來，反射性點了頭。

我這個笨蛋！為什麼那個時候我要點頭——！

明明最好不要跟小說的主要人物扯上關係，然而成為他的未婚妻後，要怎麼避免跟他接觸啦——！

我拚命捶打破爛的枕頭。羽毛隨之揚起，但我現在根本沒空管這點小事。

過了一會兒，我再次深深嘆息，抱著枕頭注視天花板。

「…………」

可、可是，不可能因為我點一下頭婚約就成立吧？那只是個口頭約定，或者說現場的氣氛使然？

而且，我本來是亞諾魯德殿下的未婚妻人選，我不認為王室會同意我當艾迪亞特殿下的未婚妻。

這時，走廊傳來啪噠啪噠的跑步聲。

聽這吵死人的腳步聲，是娜塔莉吧。

她按照慣例，門都沒敲就打開房門，闖入我的房間。

「姊姊——！怎麼回事？妳用了什麼手段騙走艾迪亞特先生！」

聲音比平常更高亢。我同父異母妹妹的聲音今天有幾分貝呢？還是老樣子刺耳。
她歇斯底里地質問我。
「我沒有騙他。只是接受艾迪亞特殿下的邀請，跟他一起喝茶。」
「怎麼可能！要不是因為妳色誘他，艾迪亞特先生哪會約妳喝茶。妳絕對用了魅惑魔法對吧！」
「魅惑魔法是禁術，城裡照理說也會展開讓那類型的魔法失效的防禦魔法。」
「騙人！我要去告訴大家！艾迪亞特殿下中了妳的魅惑魔法。」
「隨便妳。」
今天的茶會讓妳和爸爸的信用跌落谷底，究竟有多少人會相信你們呢。
何況如果妳到處跟人說我用了禁術，宮廷搜查隊——相當於前世的警察機關——說不定會殺進我們家搜查。
見我態度冷淡，娜塔莉憤怒地摔門離開房間。
我再度深深嘆息。
一直講那種蠢話，遲早會在社交圈失去信用。一牽扯到娜塔莉，爸爸的判斷力好像也會變得比平常更差，不認真經營領地，只會亂花錢，我們家搞不好撐不了多久。
在煩惱婚約前，最好先擔心家境沒落的問題。
或許得先找一份工作，好讓我淪為庶民也能維生。

而且，我不打算跟原作的克拉莉絲一樣，被魔族皇子迪諾哄騙，成為反派千金。

雖然不知道該如何避免原作的壞結局，但我需要讓自己變得更加強大，以便發生什麼事都能應對。利用原本就擅長的魔法最為合適。

當上上級魔法師就不愁找不到工作。還能去當教魔法的老師。

現在先忘記艾迪亞特殿下吧。

必須盡快鑽研魔法。

我迅速跳下床，坐到晃來晃去的椅子上，拿起桌上的魔法書專心研讀。

◇◆◇

三天後——

管家托列德連門都沒敲就粗魯地打開門，以顯示不怎麼和善的口吻表示：「老爺找您！請至辦公室——！」

我還以為管家是更優雅的生物。被這種管家養大，難怪娜塔莉這麼沒禮貌。

「沒想到您居然色誘第一王子……大公家的血脈在哭泣喔？」

「並沒有。」

「聽過您的負面傳聞，王子不可能對您有意思。使用魅惑魔法這種卑鄙手段，可謂夏雷特家之恥。」

這個笨管家沒有一絲懷疑，娜塔莉說什麼都信。

我長嘆一口氣，在托列德的催促下踏進辦公室，看見爸爸以手托腮，臉超級臭。

「王室正式向妳求婚了。克拉莉絲，妳將成為艾迪亞特殿下正式的未婚妻。」

「什麼？」

王室正式的求婚，唯有握有王室把柄的貴族才拒絕得了。夏雷特家當然無法拒絕。爸爸應該誠心想要推掉，但這樣做會被懷疑對王家不敬。

因此在王室要求訂婚的同時，婚約等於已經成立了。

根據爸爸的報告，亞諾魯德．赫汀殿下不喜歡我，便快樂地把身為未婚妻人選的我讓給艾迪亞特殿下。

這個說法好討厭。我又不是亞諾魯德殿下的所有物。

爸爸忿忿不平地拍桌。

「唔……為什麼不是娜塔莉而是妳！妳真的對艾迪亞特殿下用了魅惑魔法？」

「在有宮廷魔法師盯著的城內，怎麼可能用得了魅惑魔法？您太相信娜塔莉說的話了。」

「難、難道……妳下了媚藥？」

「那在國內是違法藥物。再說，我從來沒參加過社交活動，要怎麼取得那種藥？」

「若非如此，殿下怎麼可能選擇妳而不是娜塔莉？」

就算沒有我，明明一點都不熟，還直接用名字叫王族的無禮女孩，也會第一個被刷掉。

他對娜塔莉溺愛到這個地步，我不禁感到憐憫。

話說回來，想不到我的訂婚對象是反派角色艾迪亞特，不是男主角亞諾魯德。

反派角色是可以在一起的嗎？

為了避免未來的壞結局，說不定可行。

艾迪亞特殿下不是小說裡的那種笨蛋。反而比那個年紀的男生更聰明。

我無法想像那個人會跟原作一樣變成「暗黑勇者」。他是截然不同的人物。

我想起跟艾迪亞特殿下喝茶時的情況。

我們不知為何相談甚歡。沒想到我和他那麼合得來。性格沉穩得不像十七歲，談吐得宜。或許是王族的身分使然，他比一般的年輕人成熟許多。

跟他結婚或許還不賴。

亞諾魯德就自己去跟米蜜莉雅過上幸福快樂的日子吧。

不過，我還是不太想跟小說的主要角色扯上關係……姑且跟爸爸說一下好了。

「父親，讓我當殿下的未婚妻人選，我承擔不起。請您親口推薦娜塔莉當未婚妻人選。」

「唔……算妳識相。可惜我無能為力。本來就在今天的茶會上惹到殿下了。」

第三章
反派千金與反派王子訂婚

啊……我想也是。你們一家人都在茶會上說錯話，事到如今推薦娜塔莉，艾迪亞特殿下也會拒絕。

「既然妳成了殿下的未婚妻，千萬不准失態。假如艾迪亞特殿下嫌妳煩，解除婚約，妳就沒用了。給我滾出這個家。」

「……是──」

艾迪亞特殿下嫌我煩……有可能。

因為艾迪亞特．赫汀的設定，是會愛上女主角米蜜莉雅。

即使他現在判若兩人，女主角登場後可不好說。

得將解除婚約，被趕出家門的可能性也納入考量。

結果不小心成了王族的未婚妻。對象還不是亞諾魯德殿下，而是艾迪亞特殿下。婚約對象不同，所以理應可以避開跟小說一樣的劇情走向，但我不想在他們爭奪王太子之位時被牽連其中。

總之只能努力學會自立，以因應各種狀況。

成為艾迪亞特殿下正式的未婚妻後，家人對我的態度越來越差。

腦袋沒病的人，應該會更慎重地對待王族的未婚妻吧。

尤其是管家托列德，左一句：「娜塔莉小姐明明美麗數倍……」右一句：「艾迪亞特殿下眼光似乎不怎麼好。」動不動就嘲諷我。

我身為王族的未婚妻，卻受到這種對待，有部分也是因為比起艾迪亞特殿下，亞諾魯德殿下更有希望成為王太子。爸爸和繼母都認為艾迪亞特殿下將來無望。

爭奪王位的王族，代代都會遭到處刑、驅逐出境，好一點的則是給予爵位，發派邊境的領地。他們推測艾迪亞特殿下遲早會落得這個處境。

比起推測，更接近希望。爸媽對於在茶會上被艾迪亞特殿下斥責一事，仍然懷恨在心。一把年紀的大人被十七歲小孩當眾責罵，他們的恨意想必超深的。

聽說在那之後，娜塔莉出席社交場合時一直誘惑艾迪亞特殿下，想搶走姊姊的未婚夫，殿下卻無動於衷。

不久後，娜塔莉對艾迪亞特殿下轉為反感，將目標換成亞諾魯德殿下。

她原本就只是在茶會上巧遇艾迪亞特殿下，才對他產生興趣，大概是覺得與其搶走姊姊的未婚夫，不如捕獲前途光明的王子報復姊姊。

「居然要跟那種愚蠢無能的垃圾王子訂婚，姊姊真可憐。」

「我現在非常幸福喔？沒常識的妳比較可憐。」

「妳說什麼！可惡～～～！爸爸——姊姊欺負我——」

恢復記憶後，上輩子強勢的個性好像也跟著恢復了。以前不管娜塔莉說什麼，我都會怕被爸爸罵，默不作聲，現在則會邊看魔法書邊順口回嘴。

當我這麼做的時候，爸爸必定會對我怒吼。

「克拉莉絲——！妳到底要欺負娜塔莉幾次才滿意？喂——！……有沒有聽見！妳這傢伙——！」

恢復記憶前帶來恐懼的父親的斥責，此刻的我完全沒放在心上。

我甚至學會拿他的怒吼當背景音樂看魔法書。再怎麼生氣，他都不能隨便對王子的未婚妻動手。

不過當天的晚餐成了爛番茄沙拉，以及長滿黴菌的麵包，比平常更過分。

自從我將沙拉裡的蟲子扔給娜塔莉後，他們就叫我自己在房間吃飯。

這樣可以偷偷處理爛掉的食物，比較方便，可是去街上買來的食物差不多快吃完了。

我很想出去採購，不過有時娜塔莉會來跟我炫耀新衣服，有時園丁要除草，遲遲找不到時機。

不正常的飲食導致我營養不足，某一天，我發燒病倒了。

即使如此，也沒人會來照顧我。頂多只有女僕送晚餐來。那位女僕冷冷罵了句：「感冒了嗎？不要傳染給我喔。」轉身就走。

晚餐跟平常一樣只有發霉的麵包，吃下去八成會食物中毒。我都發燒了，食物中毒可不是鬧著玩的……為了補充體力，最好吃點東西，無奈我現在什麼都不能吃，只能躺在床上等待自然痊癒。

儘管有解毒魔法可以用，但它只對被魔物咬傷、刺傷、遭受攻擊時中的毒有效，無法治療發燒及食物中毒。

生病的症狀，只有藥師調的藥治得了。

買得到藥當然最好，但未必能立刻買到符合症狀的藥。

如果我會自己做藥就好了……藥學相當複雜，光看書難以學會製藥。

有沒有人願意教我呢？

記得小說裡也有藥師登場……克拉莉絲想要用來毒殺米蜜莉雅的毒藥。

某一天，她突然拿藥師的兒子當人質，逼她製作毒藥。是一種讓對方一點一滴少量服用，在體內累積到致死量就會沒命的毒藥。最適合用來製造不在場證明。不過調製難度相當高，上級藥師中也只有少數人調得出來。

在原作中，被克拉莉絲囚禁的藥師之子最後是由亞諾魯德救出來的。

克拉莉絲威脅藥師製作毒藥的事跡敗露，被逐出貴族社會。

那位藥師叫做薇涅・亞黎安納。

她是據說會成為下任宮廷藥師長，首屈一指的天才藥師，以過勞昏倒為契機，辭去宮廷藥師之職，離開王城。目前在雷尼鎮的一角經營藥店。

我的親生母親莉可麗絲・夏雷特，跟薇涅・亞黎安納是跨越年齡及身分差距的朋友。媽媽還是侍女，負責侍奉先王的王妃時，跟宮廷藥師薇涅很合得來，成為朋友。

媽媽相信薇涅這位優秀藥師的能力，生病時都是請她幫忙開藥。拜其所賜，只剩半年可活的她最後活了一年。

而反派千金克拉莉絲抓走了恩人的兒子，拿他當人質逼她製毒，真的好狠心。

小說裡把她描寫成有著紫色捲髮，戴著厚厚的漩渦眼鏡，非常陰沉的女性。

請薇涅．亞黎安納教我藥學不就得了？

想當藥師還需要懂魔法，薇涅應該會用中級左右的魔法。

若能順便請她教我一點魔法就好了。光看魔法書，能學到的東西有限。

原作的克拉莉絲是逼薇涅做毒藥的壞女人，但我絕對不會做那種事。

更遑論拿她的兒子當人質，我絕對不會做這種卑鄙的勾當。

我要拜薇涅為師，學習藥學！

◇◆◇

我溜出房間，來到雷尼鎮，馬上開始打聽情報。

小說裡面沒有提到詳細位置，因此我不知道薇涅把店開在哪裡。感覺像在郊區的無人地帶。

我詢問擺攤的老闆娘。

「我正在找功效佳的藥，請問有沒有推薦的藥店？我姊的感冒一直好不了。」

「辛苦妳了。藥店的話可以去找薇涅。要走一段路就是了，妳會介意嗎？」

一下就問到了！

不愧是天才藥師，功效透過口耳相傳廣為人知。

我照老闆娘所說，在大街上走了一陣子，彎進武器店右邊的小巷。走沒多久看見一棟立方體形的紅磚屋。那裡好像就是薇涅的店。

原作也描述它是一棟形似骰子的建築物，確實如此。

木製店門吱嘎作響，我一放開門把，門的重量就讓它自動關上。

昏暗的店內，兩側的架上放著裝有五顏六色粉末的瓶子、裝藥丸的瓶子，還有幾個裝透明液體的瓶子。

店裡沒有其他客人。

一名用黑色長袍蓋住臉孔的老奶奶，蜷著身體坐在正前方的櫃檯後面。

我也用卡其色長袍遮住臉，打扮成見習魔法師來到這裡。

老奶奶用沙啞的聲音問我：

「怎麼啦，小妹妹？要買感冒藥？還是胃藥？」

「藥我等等再買。在那之前，我今天想來拜託妳一件事。」

「什麼事？」

老奶奶抬頭看著我。眼睛以上的部分被兜帽遮住，只看得見她的鷹勾鼻。

「可以請妳教我藥學嗎？」

「怎麼，來拜師的啊？妳不知道是第幾個了。可惜我已經老嘍。沒那個精力和體力教人。」

老奶奶嗤嗤笑著，肩膀上下起伏。

然後把手當成掃把甩動，趕我回去。

薇涅是優秀的藥師。可以理解許多人知道她宮廷藥師時期的功績，想要拜她為師。

我笑著說道：

「妳真愛說笑。薇涅．亞黎安納聽說妳還只有二十多歲。」

「嘻嘻嘻……原來如此。看來妳擁有看穿我變身魔法的實力。」

下一刻，老奶奶的身體被煙霧籠罩。

朦朧的視野中，矮小的老奶奶越變越高，體型也變成年輕女子。

煙霧散去時，出現在眼前的是一位年輕美女。

不僅年輕貌美，還擁有如畫般的好身材。凹凸有致。露肩襯衫讓她的乳溝顯得格外引人注目，纖細修長的美腿從開高衩的黑裙底下露出。

頭髮跟小說一樣是紫色，不過長髮是綁起來的，也沒有戴厚眼鏡。紅紫色眼睛及明顯的雙眼皮，營造出一股妖豔的氣質。嘴巴下面的黑痣將她襯托得更加性感。

「……妳想請我教妳藥學是吧？」

薇涅重新面向我，這時一名年約五歲的男童，從櫃檯後面的門後走出。

「媽媽，有客人嗎？」

柔順的淡紫色頭髮、圓潤的紅紫色眼睛、胖嘟嘟的臉頰、雪白的肌膚，可愛如天使的男孩笑臉迎人。

男孩小步跑到薇涅身邊，可愛得光看就覺得療癒。

一跟我對上目光，他就羞紅了臉低下頭，躲到薇涅背後。

哎呀，他怕生嗎？

我看過小說，知道他是誰，可是在現實世界我們從未見過面，因此我姑且裝了一下。

「是妳的兒子嗎？」

「不，是姪子。」

「姪子啊。」

「我去世的姊姊的兒子。現在作為我的養子，跟我住在一起。」

經她這麼一說我才想起來，儘管名義上是兒子，嚴格來說其實是姪子。

記得這孩子的名字叫基恩？基恩．亞黎安納。

現在他是個可愛的男孩，不過在原作的結局，他會成長為帥氣的宮廷藥師，支撐王室，為了尊敬的亞諾魯德，以及初戀對象米蜜莉雅。

薇涅盯著如此心想的我說：

「妳是**莉可**的女兒對吧？唷，長這麼大了。」

太好了，她還記得我！

薇涅都叫我的母親莉可麗絲「莉可」。她也看過我，但次數不多，媽媽又去世五年了，所以我本來還擔心她認不出我。

「太好了，妳長得跟母親很像。要是妳像那個禿頭老爸就慘嘍。」

「哈……哈哈哈。」

跟原作的形象不同，薇涅挺毒舌的。我想起她和媽媽說話時，也不是用敬語。

艾迪亞特殿下的個性也有所出入，這個世界並非什麼都跟原作一模一樣。符合原作的部分反而比較少。

「我剛才也說過，我想學習藥學。」

「為什麼？」

「為了自己的未來。」

「妳不是千金小姐嗎？有需要學這個？」

「那當然。我現在雖然是侯爵千金，但沒人知道將來會發生什麼事。搞不好某天會突然失去地位。為此我想盡量多吸收一點知識。」

「妳……知道夏雷特家現狀不妙啊。也是，鎮上對妳爸有意見的人越來越多了。」

薇涅點頭表示理解。

由夏雷特侯爵家治理的雷尼鎮熱鬧歸熱鬧，卻有著嚴重的貧富差距。對爸爸感到不滿的居民八成也不少。

「好吧，畢竟妳不是別人，而是莉可的女兒，要我教妳基礎藥學也不是不行。」

「真、真的嗎？謝謝妳！」

真正的原因是緊急時刻可以自己治療自己，以及方便求職。

鑽研魔法固然重要，若想快速賺取金錢，製作藥品那種好賣的商品更合適。

「但我可不會免費教人。要收妳一萬吉洛。」

好……好貴。這也沒辦法。雖說她開了一家店，但薇涅可是要養小孩的人，應該會想盡量多賺點錢。

我有猜到她可能會要求報酬，帶了一萬吉洛在身上。我從錢包裡拿出十張鈔票遞給她。

「居然當場付清，不愧是夏雷特家的大小姐。」

「媽媽留了一筆遺產，所以我還付得出來……可是考慮到錢遲早會花光，我想學習各種技能，好讓我可以自己賺錢。」

「我想問一下……妳爸在做什麼？」

「不能仰賴他。家裡的資產大多數都砸在繼母跟她的女兒上了。」

「啊，原來如此。」

薇涅察覺到夏雷特家的家庭狀況，沒有再多說什麼。

她叫我移動到隔壁的房間。是剛才基恩出來的房間。

那個房間裡放著裝乾燥藥草的籃子，以及裝樹果的瓶子。從未見過的鮮紅樹枝和漆黑花朵。泡在福馬林裡面的蜥蜴……我不知道那是不是福馬林，總之放著類似的東西，爐子上在熬煮神祕的液體。

典型的魔女房間。

薇涅豎起食指輕輕繞了個圈，原本是小火的爐火瞬間熄滅。這個世界當然沒有瓦斯也沒有電，要用魔法生火。

為了方便不會使用魔法的人，也有利用賦予火魔法的魔石生火的火爐，大部分的庶民好像都會用到。

「那我先教你恢復藥的作法。基恩，幫我拿那邊的藥草和胡麻種子過來。」

胡麻？是上輩子的胡麻嗎？

外觀也是黑黑小小的一粒。跟胡麻一模一樣。

胡麻對身體有益。從這個角度來說，可以拿來當回復藥的材料嗎……不對，前世的胡麻和這個世界的胡麻成分說不定不一樣，還不能斷定。

基恩拿了材料過來，薇涅將搗藥缽和搗藥杵遞給我。

「製藥不是只要準備材料就好，配方會影響藥效。」

我點了點頭。

不僅如此，配方還會視作為原料的種子大小和藥草培育方式產生變化，不是只要測量正確的重量即可。

聽起來好難，不過非常有趣的樣子。

「我來做給妳看，看仔細嘍。」

薇涅把胡麻、藥草、乾燥花瓣丟進搗藥缽，迅速搗爛。

稍微混合後加入清水，這次一面詠唱回復魔法的咒文，一面慢慢混合。

混濁的水逐漸變清澈，最後變成漂亮的綠色液體。

「把它裝進小瓶子……好，回復藥完成了。」

好、好厲害。一下就做好了。

或許是我的激動之情如實反映在臉上，被我盯著的薇涅害臊地用食指搔著臉頰，移開視線。

「別用那麼閃亮的眼睛看我。」

「啊……不、不好意思！妳的技術太精湛，我真的好激動。」

「小題大作，沒什麼大不了。」

薇涅白皙的臉頰染上粉色。看來她其實超害羞的。

那個表情有點可愛。我對她產生了一點親近感。

「試喝也很重要。妳喝喝看。」

我接過剛調好的回復藥，打開瓶蓋喝下。

沒有味道。我沒有受傷，也沒有生病，壓在身上的疲勞感卻消失殆盡，肩膀跟脖子也不再僵硬，身體變得好輕。

「好厲害……好厲害！這就是回復藥的力量！」

不知道是不是錯覺，我連心情都變好了，高興得臉頰泛紅，薇涅瞇眼看著我。

為什麼要用那種眼神看我？

我感到疑惑，薇涅彷彿看穿了我的內心，回答：

「每次喝到我做的藥，都會感動得露出笑容，這一點跟妳的母親一模一樣。」

「是嗎？」

「我最喜歡妳母親的笑容了。」

薇涅開心地笑了。她跟媽媽真的是摯友呢。

貴為侯爵夫人的媽媽常常得顧慮形象，她能有這麼一個用暱稱互相稱呼的朋友，真的太好了。

「這次換妳試試看。」

提到已故的母親，令氣氛變得有點感傷，薇涅像要打起精神似的說。

我點點頭，按照剛才的步驟動手製藥。

將清水加入混合好的材料，一面詠唱治癒魔法的咒文，一面研磨。

最後做出淡綠色的清澈液體……顏色比薇涅的藥更淺。

「啊……妳注入的魔力有點太多了。這樣藥草的功效會變弱。妳試著注入一半……不，微量的魔力就好。藥草跟種子的分量維持原狀。」

我點頭，注入微量的魔力混合藥材。液體變得越來越清澈。

做出顏色比剛才深的清澈藥水……不過，這次好像比薇涅做的藥水更深。

薇涅讚嘆道：

「真令人驚訝。妳居然一下就做出上回復藥。」

「上回復藥？」

「回復藥也有分等級。我剛才示範的是平均等級的回復藥，可以回復一半的體力。上回復藥則可以讓體力完全恢復。特上回復藥不僅能讓體力完全回復，魔力也會跟著回復，還能瞬間治好重傷及感冒之類的疾病。通常會稱之為萬能藥，而不是特上回復藥。」

「萬能藥？」

「嗯，能讓魔力及體力完全回復的叫萬能藥。只有我和前任宮廷藥師長做得出來。現在城裡的萬能藥庫存是由宮廷藥師製作的，品質好像馬馬虎虎。」

薇涅走出房間，從店裡的架子上拿來一個小瓶子給我看。

哇，跟綠寶石一樣的光芒！

記得前世的遊戲把這種道具叫做萬靈藥。

「好漂亮……」

「對吧。做這東西需要消耗大量的魔力，連我都只能一天做一瓶。而且它的價格太過昂貴，沒什麼人要買。現在等同於店裡的裝飾品，賣掉的話至少可以賣三十萬吉洛。」

「三、三十萬！……怎、怎麼這麼貴？」

「有很多理由，例如太少人製作、魔力消耗量太大、太費工。調製回復體力和傷勢的藥品很容易，回復魔力的藥品卻比這還要難做數倍，可以同時回復體力跟魔力的又更難了。」

「好……好厲害。我也想做萬能藥。」

我的眼睛現在大概不只是閃閃發光，而是熊熊燃燒。

因為，會做萬能藥聽起來不是很夢幻嗎？不僅能治療身體，還能回復魔力，太方便了吧。

而且既然它那麼昂貴，就算我家破產，應該也不用怕沒錢。

薇涅拍拍我的肩膀笑著說：

「萬能藥連上級藥師都未必會做，但我覺得妳辦得到，因為妳擁有相應的實力，以及不尋常的幹勁。」

豈止是幹勁，這對我來說至關緊要。畢竟會影響未來的人生。

不只魔法。藥學我也絕對要鑽研至極致。

就這樣，我以能做出萬能藥的上級藥師為目標，每天都溜出房間，讓薇涅教我藥學。

家人絲毫不把我放在眼裡，所以我只要在女僕送晚餐前回家即可。

最近廚師好像想不到點心跟正餐要玩什麼花樣了，變成一天只會來送一次晚餐。大多是臭掉的食物，好一點是廚餘。

某一天，薇涅打量著我問：

「妳貴為侯爵千金，怎麼這麼瘦？是不是沒有好好吃飯？」

既然她問了，我便老實向她說明自身的處境。

比想像中更過分的待遇令薇涅心生同情，氣得像自己受到虐待一樣，還說出「乾脆把那棟房子燒了吧」這種可怕的話。

「今天起妳吃完飯再回家。吃飯也算在上課內容裡面。」

她端出麵包、炒青菜和熱湯，不容我拒絕。

儘管不是娜塔莉他們吃的那種大餐，卻是熱騰騰又營養均衡，看起來很美味的晚餐。

熱騰騰的溫暖料理出現在眼前時，我真的差點哭出來。

而且還很好吃，我含著淚品嘗，薇涅溫柔地拍拍我的肩膀。

「看妳吃得那麼開心，我也很有成就感。」

薇涅煮的晚餐十分美味，尤其是奶油燉菜。雞肉肉質軟嫩，還加了許多蔬菜。

每次我準備回家時，基恩都會寂寞地挽留我。

「別回那種地方了，要不要跟我們一起住？當我的姊姊嘛。」

「嘿，基恩，不要為難克拉莉絲。」

薇涅雖然會這樣勸戒基恩，但她目送我離開的表情也帶有一絲哀傷。

跟他們道別時，我每次都會依依不捨。

好想乾脆成為薇涅的妹妹。

不想回到那樣的家。

對我而言，薇涅．亞黎安納家就是這麼舒適的場所。

◇◆艾迪亞特視角◆◇

我這輩子的名字叫做艾迪亞特．赫汀。

是小說《命運之愛～平民少女的王妃之路～》裡的反派角色，同時也是會在結局跟主角戰鬥的主要人物。

用遊戲譬喻的話，強度僅次於最終頭目。從這個角度來看，我應該要有非常強大的隱藏力量。

實際上，光靠自學我就能自在地使用中級魔法，我覺得自己挺厲害的。有人甚至得花上十年的時間，才當得上中級魔法師。

恢復記憶前，我不知道念書的訣竅，現在就算沒有人教，我也能自學到一個程度。

小說裡的艾迪亞特是個只有臉能看的笨蛋王子。他之所以能在跟主角交戰前變強，是因為魔族皇子迪諾將黑暗魔法傳授給他，激發原本的能力。

然而，我並不想以反派角色的身分生活，不能借助魔族之手激發自身的能力。

我得靠自己提升魔法能力。

話說回來，這本魔法書真有趣。尤其是魔法的起源，精彩得像在看奇幻小說。

看到我在看那本書，卡堤斯對我說：

「程度那麼低的書，亞諾魯德殿下早就——」

「別在這邊害我分散注意力。」

他話還沒講完就被我打斷。

之前我看書的時候，卡堤斯都會拿我弟跟我比較，笑我還在看那種程度的書，我就會因為羞恥而丟下書本，如今的我卻不會因為小鬼頭的一句話產生動搖。

我露出符合反派王子身分的邪惡笑容，詢問卡堤斯：

「既然你說它是『程度那麼低的書』，你當然已經把這本書背得滾瓜爛熟了吧？三千年前，發明火炎術式的是？」

「伊莉娜・希斯。這種問題想都不用想。」

「嗯，可是伊莉娜的術式並不完整。它其實花了二十年的歲月才臻於完善。完善火炎術式的另有其人。是伊莉娜的徒弟，阿弗洛斯。他發現至少要由兩個詞彙組成，魔法才算完整。」

「那、那又如何？」

「看過這本書的人被問到發明火炎術式的人是誰時，只回答伊莉娜・希斯並不正常。在你說這本書程度低之前，先把它看熟吧。老實說，不懂裝懂超丟臉的喔？」

「……！」

卡堤斯羞紅了臉，緊咬下唇。然後粗暴地摔門離開房間。

各位看到他的態度了沒？這可不是對待王族該有的態度。

我隨時可以拿他的態度當理由解僱他，可是就算解僱他，亞諾魯德的母親特蕾絲肯定又會派新間諜來。

萬一她派出太能幹的間諜，我會很困擾，於是我決定放著愚蠢的間諜不管。

我偷偷對卡堤斯吐出舌頭，繼續看書。

魔法書上還寫著勇者和聖女的資料。

這個世界必定會誕生人稱聖女的人。

勇者也會在同時出生。由創造這個世界的女神朱莉選出一位聖女，聖女選為伴侶的人則會成為勇者。

兩人受到女神的庇護，擁有龐大的魔力，發揮超越人智的力量。

然而聖女的力量並不穩定，能否發揮端看聖女本人的精神狀況。聽說也有聖女罹患精神疾病，在無法發揮力量的情況下結束一生。

勇者的力量要藉由聖女之力覺醒，又會視聖女的精神狀況決定強弱，同樣不太穩定。

看到這一段，我抬頭思考未來。

先不說我的命運，這個國家很可能跟原作的劇情一樣，遭到魔物大軍的侵攻。

到時如果能靠聖女和勇者的力量與之對抗，倒還沒問題……可是以一國的主要戰力來說，不安要素太多了。

比起寄望聖女和勇者，致力於訓練騎士、培育魔法師、生產高效能的回復藥更合理。

再說，勇者和聖女活躍的時代，國王大多是昏君。

靠自己的力量救不了國家，只好懷著抓住最後一根稻草的心情，仰賴聖女和勇者的力量。

小說裡的亞諾魯德亦然。那位男主角身兼國王和勇者，到頭來卻靠聖女米蜜莉雅的力量，解決各種問題。

要是只會仰賴聖女的力量，有幾條命都不夠死。

只要我先激發自身的能力，學會使用強大的魔法，也可能獲得跟勇者同等的力量。

我提升實力，理應也能幫助我避免原作的壞結局。

為此，需要一個願意教我魔法的優秀魔法師。

我雖然靠自學學會了中級為止的魔法，但上級魔法果然得找人教才行。

然而，我的魔法老師——宮廷魔法師貝里歐斯熱衷於指導很快就展露魔法才能的亞諾魯德，理都不理我。

不如說，那名魔法師是亞諾魯德的母親特蕾絲側妃介紹的，當然不會理我。她故意叫那個人不要教我魔法。

我曾經跟一直不肯教我魔法的貝里歐斯抗議過，那傢伙對我嗤之以鼻。

『您應該要先自己學習基礎。以您現在的實力，我沒辦法教您任何東西。』

想起前世的記憶前，我還把這句話當真。

以為自己沒有天分，詛咒那樣的自己。

即使學會了一點初級魔法，貝里歐斯依然繼續嘲笑我：『那麼弱的魔法不算什麼。想找我討教的話，請您繼續提升自己的實力。』

老師的工作是如果學生的能力是零，就要從基礎教起，加強他的能力，那傢伙卻光明正大地怠忽職守。

什麼東西都沒教我，還照收我的學費。拿薪水不做事的傢伙就要炒魷魚。

既然他不肯教我，我打算自己尋找新老師。

我已經決定好要找誰了。

喬治・雷米奧。

宮廷魔法師之一，能力優秀得足以成為下任宮廷魔法師長的人選，卻是個酒鬼，還很好色。因此在宮廷魔法師之間是個討厭鬼。

可是根據原作劇情，他後面會遇到聖女米蜜莉雅，指導她魔法。在此之前一直沒有嶄露鋒芒的米蜜莉雅，實力以異常的速度提升到跟上級魔法師同等級。

在跟認真的米蜜莉雅交流的過程中，喬治不再拈花惹草，也戒掉酒了。

他對從少女成長為一名女性的米蜜莉雅，抱持超越師徒的感情。

不過，喬治知道她的心上人是亞諾魯德，便將這份心意藏在心中。

沒錯。這部小說《命運之愛～平民少女的王妃之路～》的女主角不只受到亞諾魯德和艾迪亞特的喜愛，魔法師喬治、宰相之子阿多尼斯也對她有好感，是個魔性之女。不到逆後宮的地步，但有各種類型的異性喜歡她，是令人嚮往的情境。

記得我上輩子的妹妹最愛的就是喬治？

喬治・雷米奧最後為了保護愛徒米蜜莉雅，死在魔族皇子迪諾的攻擊下。他無私的愛似乎讓我妹心動不已。

先不說上輩子的妹妹的最愛了。

遲遲無法從中級魔法師提升到更高等級的米蜜莉雅，在喬治的指導下成為上級魔法師，由此可見，喬治應該非常擅長教人。

究竟現實中的喬治是否跟小說一樣會教，尚未明瞭，但我目前想得到的魔法師只有他一個。

假如他跟原作不同，是教很爛的老師，我立刻炒掉他。

這時，門後傳來往這裡接近的腳步聲。

『第一王子殿下找我這種人有什麼事啊？』

是喬治·雷米奧嗎？

他邊打哈欠邊說，聽起來很不耐煩。

我能將房外的對話聽得這麼清楚，是因為走廊旁邊放著偽裝成裝飾品的防盜用道具。乍看之下是松鼠模樣的擺設，松鼠的眼睛部分卻鑲著魔石，外面的交談聲會透過魔石傳到這裡。

我命令傭人設置那個裝飾品，但傭人並不知道那東西會監聽外面的對話。所以他們就這樣在不知情的狀況下繼續交談。

『誰知道。光是你這種人被王族傳喚，就稱得上奇蹟了。』

另一個人應該是負責把喬治叫過來的同事。

光聽語氣就能想像他的臉有多臭。討厭鬼被王族傳喚，他的心裡想必很不是滋味。

『啊——好麻煩。我跟莉莉約好等等要一起喝酒耶——』

嗯，他直接嫌麻煩了。莉莉是誰啦？反正人家只是把你當提款機用吧。八成是因為他平常就是這個態度，才會惹人厭。

疑似同事的男子不屑地說：

『哎，可惜不是亞諾魯德殿下。被笨蛋王子找去，對你也沒有任何好處。』

『笨蛋王子？艾迪亞特殿下嗎？』

『沒錯。城裡的人絕大多數都覺得優秀的亞諾魯德殿下更有資格當王太子。聽說艾迪亞特殿下常被拿來跟同父異母的弟弟比較，非常自卑。』

『是喔？現在就斷定人家是笨蛋，太急了吧。我十八歲才會用魔法喔？』

『王族跟庶民不一樣啦。』

說得對，現在斷定為時尚早。

他的態度雖然惡劣，但我判斷喬治・雷米奧不是會聽信謠言的人。用來防盜的魔石，順便讓我窺見了喬治的人品。

喬治的同事笑我是笨蛋王子，瞧不起身為平民的喬治。若我沒聽見這段對話，應該會乖乖感謝帶喬治過來的那個人。

兩位宮廷魔導師叩響房門，神情鎮定，走進來恭敬地一鞠躬。

「非常抱歉，讓殿下久等了。我把喬治・雷米奧帶來了。」

長得像狐狸的宮廷魔導師，為我介紹站在後方，身穿白色長袍的青年。長袍的兜帽遮住了臉，看不見他的表情。

宮廷魔法師也分為許多種，擅長攻擊魔法、輔助魔法的魔法師，隸屬於在戰場上或討伐魔物時大顯身手的執行部隊。

執行部隊由宮廷魔導師和王國騎士團中，特別擅長戰鬥的騎士組成。

據我調查，攻擊魔法和治療魔法都是喬治的擅長領域，理應是戰場上的重要成員，卻沒有加入執行部隊……不對，他一開始確實是執行部隊的成員，日後才因為擾亂紀律的關係被趕出去。

喬治沒有隸屬於任何一個單位，也就是無所屬(Free)的宮廷魔法師。

但他的實力是貨真價實的，所以有時會被派去執行部隊或救護部隊支援。

受到介紹的青年站上前，脫掉兜帽。

象牙色的肌膚、細長的黃綠色眼睛，眼角微微下垂，鼻梁高挺，唇形異常好看，微捲的頭髮是奶茶色。

「喬治．雷米奧，參見艾迪亞特殿下。」

「不用那麼拘謹。啊，幫忙帶他來的那位，謝謝你。你可以走嘍？」

我都叫他離開了，狐狸臉宮廷魔導師卻面帶微笑，一動也不動。

八成是好奇我找喬治有什麼事。而且他以為我還是個小鬼頭，看不起我。

我稍微壓低聲音。

「感謝你帶喬治過來。所以你暗地罵我笨蛋王子，我就不跟你計較了。」

宮廷魔導師聞言，明顯臉色刷白，驚恐地問我：

「咦……難、難道您聽見了？」

「嗯，透過魔石聽得一清二楚。本來可是要以不敬罪的罪名，把你抓去關喔？」

「……！」

我笑咪咪地歪過頭，故作淘氣。

帶喬治過來的宮廷魔法師深深一鞠躬，轉身落荒而逃。

看到同事那副德行，喬治嘆了口氣，雙臂環胸看著我。

「嚇我一跳。你說的魔石，該不會是剛才那個松鼠擺設？」

「虧你看得出來。」

「我們經過時，松鼠眼睛亮了一下。」

魔石的光芒極其微弱，走在走廊上通常不會發現，這傢伙眼睛真利。他應該隨時都在注意身周的環境。

「你剛才恭敬的態度跑哪去了？」

「你自己叫我不用那麼拘謹啊？有意見的話，大可以不敬罪的罪名把我關進牢裡。」

我確實說過不用那麼拘謹，但這不代表他可以不用敬語跟我說話……若這是面試可是要扣分的。

然而，這傢伙的能力可能足以彌補被扣掉的分數，不能隨便刷掉他。

「我就直說了，我想拜託你教我魔法。中級為止的魔法我靠自學學會了，無奈上級沒那麼容易。」

「貝里歐斯不是會教你嗎？那傢伙之前才在炫耀他是兩位王子的老師。」

「他怠忽職守，所以我解僱他了。」

「怠忽職守？」

「他說我沒什麼好教的，叫我提升實力後再去找他，不肯教我魔法。」

「喂喂喂，那他根本是薪水小偷耶。」

喬治當場噴笑，我並沒有要逗他笑的意思。

不過，貝里歐斯確實是薪水小偷。

因為他收了學費，卻沒有教我。

喬治疑惑地問我：

「你應該也有聽說我的傳聞吧？這樣你還想跟我學魔法？」

「就算愛喝酒和好女色會扣分，你的實力依舊是首屈一指的。」

「你知道我最討厭被別人綁著吧？」

「嗯，知道。我還知道你在各家酒館欠了一堆錢。」

「唔……」

不想侍奉小鬼頭的心情，明顯反映在他的表情跟態度上，因此我決定讓他面對現實。

我已經查過，喬治欠太多錢，導致他愛去的酒館一家接一家把他列為拒絕往來戶。

「我幫你還清那些錢。還有，除了上課時間，我不會特別限制你……」

「樂意之至。」

話還沒說完，喬治就爽快地答應，還把手放在胸前向我下跪。

呃，你不猶豫一下嗎……我如此心想，但他應該挺受借款所苦的。撇除金錢因素，上課時間不會限制他或許也是誘因之一。

「我有很多不懂的地方，趕快來教我吧，喬治老師。」

我拿出平放在桌子底下的魔法書，對喬治笑了笑。

總之先把全部的魔法記在腦海。

然後學會駕馭隱藏在體內的強大魔力。

「喂喂，真的假的……」

看到堆在桌上的書，喬治臉頰抽搐。

他好像已經後悔答應當我的師父了。

有了喬治這個師父後，我學到各種魔法的使用方式、訣竅，以及歷史跟雜學，過著充實的每一天。

◇◆◇

上級魔法有別於看書就學得會的中級魔法，需要掌握引出魔力的竅門，果然要有人教才行。

「對，讓魔力集中在掌心……還沒好，繼續累積。」

能否將魔力集中在一個點上，會影響上級魔法的威力。

喬治叫我用身體記住釋放魔力的時機。

我在實戰課程上反覆詠唱咒文，使用魔法，直到魔力耗盡。

詠唱咒文的時機、凝聚的魔力多寡，會嚴重影響威力。

「吉伽．弗雷姆！」

我在宮廷魔法師磨練技術的道館——魔法修練場使用炎系上級魔法。鮮紅烈火於跟棒球場一樣大的修練場內擴散。

然而，修練場的內外側設置了好幾層防禦魔法，因此建築物並不會燒起來。

「怎麼樣，喬治？」

我有點得意，望向師父喬治。

起初威力只有中級魔法等級的火焰也越變越強，剛才那一擊是目前表現得最好的。

喬治輕輕聳肩，把手朝向正面，詠唱咒文。

「吉伽．弗雷姆。」

他用平靜……或者說冷漠的語氣詠唱咒文，緊接著，烈焰發出比剛剛更大的爆炸聲傳遍四方，遮蔽視野。

用強大防禦魔法護住的牆壁有多處燒焦，爆炸的衝擊還震得牆壁出現裂痕。

哇……這就是頂級宮廷魔法師的實力嗎？跟我剛才用的魔法，威力大相逕庭。

「好厲害。喬治，怎麼樣才能放出那麼強大的火炎？」

我盯著喬治，眼睛炯炯有神。過於激動的態度導致他有點嚇到。

喬治露出五味雜陳的表情，苦笑著說：

「沒想到只是表演一下魔法，你就那麼感動。」

「講這什麼話？看見精湛的魔法，當然會感動啊。」

喬治在我們單獨相處時，完全不會使用敬語。講白了點，他根本沒把王族放在眼裡。

只要他有那個意願，隨時可以辭去宮廷魔法師之職到其他國家。喬治這個等級的魔法師，其他國家的王族應該也會重用，即使不能在宮廷任職，也能當冒險者維生。

喬治原本是庶民，好像也沒有家庭，對這個國家毫無牽掛。又不沽名釣譽，可謂最強之人。

可是在公共場合他會對王族拿出敬意，所以不成問題。私下用這種大刺刺的態度跟我相處，我反而也比較輕鬆。

「我從來沒遇過反應跟你一樣的人。大部分的人都會說這不是平民該有的力量……或者這種力量給平民太糟蹋。」

「……」

只要實力得到認可，平民也能當上宮廷魔法師及宮廷藥師。不過，大部分的情況下貴族還是會作威作福，有實力的庶民則會變成嫉妒的目標。

「那些人是想藉由罵你是平民，安慰無才的自己。」

「……」

喬治驚訝地看著我。這或許不是站在貴族階級頂端的王子殿下該說的台詞。

是身為日本人的前世記憶，促使我說出那句話，但我並不會炫耀自己現在的身分，也不想鄙視地位較低的人。

從這個角度來說，尚未恢復前世記憶的我，是個非常不要臉的人。

仗著自己的身分擺出蠻橫的態度，不把地位低的人當成人類看待，應該作夢都想不到要找喬治當老師。

嗯——好想重置以前的我。如果這是遊戲，就能輕易重置了。

事情都過去了，再怎麼感嘆也沒用。

我得開始學習魔法和劍術，鑽研各種技能，以便發生任何狀況都能應對。

第一王子辦公室——

身為王族，家裡慢慢開始把公務交給我處理，因此我多了一間辦公室，但我現在是即將進入赫汀學園就讀的學生，比較常拿來當讀書室使用。

聽喬治上完一個半小時的課後，有十五分鐘的休息時間。

我坐在座位上喝紅茶，喬治則坐在窗邊吃餅乾。

「你要去念赫汀學園的話，記得看魔導新聞。教魔法史（魔法的歷史）的老頭子絕對會從魔導新聞裡面出題。」

「魔導新聞？」

「主要是魔法師愛看的報紙。學魔法的人最好看一下，因為上面有豐富的魔法最新資訊跟道具資訊。」

在赫汀學園教魔法史的托勒曼老師，好像還兼任魔法師專門學校的講師，喬治跟那位老師辯論過。

喬治將寫著「魔導新聞」的報紙遞給我。

內容是地魔法的新學說、用束縛魔法捕捉魔物的訣竅、道具的有效使用方式等等，刊登了許多我有興趣的話題。

我的視線落在報紙角落，徵求上級魔法師應試者的欄位上。

「唔——要報名今年的上級魔法師測驗嗎？」

「以你現在的實力，練好風魔法和冰魔法就會通過。還有魔法史跟術式的紙筆測驗，這部分應該只要記熟就沒問題。你想留多一點時間準備，參加明年的測驗也可以。」

「我才剛開始跟你學上級魔法，看來等明年比較好。」

我喃喃說道，喝了口紅茶。

最近女僕都不肯幫我泡紅茶，我便從廚房拿來茶壺、茶葉、茶杯，自己泡茶。

而且女僕還不會幫我打掃房間，也不會送三餐過來。

那麼她們到底會做什麼呢？答案是在走廊上閒聊、拿打掃庭院當藉口在樹蔭下午睡，總之什麼工作都不做。

特蕾絲介紹給母后的女僕，態度跩到不行。我曾經罵過她們不工作，她們露出不屑的笑容，對我這樣說：

「為了讓殿下學會獨立，我們只會做最基本的工作。」

「請您學習亞諾魯德殿下，盡快獨立。」

就算退一百步來說，是為了讓我學會獨立，但這可不代表妳們可以只顧聊天不顧工作，在樹蔭底下午睡。妳們以為我是白痴，才敢用這種看不起人的態度跟我說話對吧？

「是嗎？那我會學習不需要妳們的幫助。明天開始不用來了。」

「「「咦！」」」

「感謝各位短短幾天的付出。」

就這樣，新來的專屬女僕上班兩天就收到解僱通知書。

她們感到錯愕，隔天起就沒再出現。

作為代價，我傳出了「不喜歡新來的女僕，二話不說把人趕走」的負面謠言。

我看著手中的粉色紙張，嘆了口氣。

還有一個需要送出解僱通知書的人。

我是個看人不爽就解僱的蠻橫王子的謠言，應該會橫行一段時間。

喬治看著窗外的景色笑著說：

「要是大家知道活在天才兒童第二王子陰影下的笨蛋第一王子，其實擁有連宮廷魔法師長都望塵莫及的魔法才能，八成會嚇死。」

「不要亂宣傳喔？萬一被人發現我有天分，有個阿姨會氣瘋。」

「會氣瘋的阿姨是指第二側妃嗎？」

「沒錯。那個人一心只想著埋沒我的才能。」

「原來如此，表面裝成王妃的好友，私底下卻拚命讓城裡的人知道自己的小孩是天才，企圖使他成為最有力的王太子人選。」

「假如她知道我有魔法才能，搞不好會殺掉我。」

「哇……好恐怖……」

我像在閒聊般，跟喬治聊著可怕的話題時，外面傳來急促的腳步聲，有個人門都沒敲就進到辦公室。

一名稍顯瘦弱的男子瞪著大眼，抬頭看著我。

「喬治．雷米奧，誰允許你教艾迪亞特殿下魔法的！」

他憤怒地對喬治怒吼，喬治用手指堵住耳朵。

宮廷魔法師貝里歐斯．蓋因。

是上級魔法師，同時也在擔任貴族或王族的魔法家庭教師。姑且算是我的老師，但他從未教過我魔法。

我代替喬治冷冷回答：

「是我允許的。外人可以離開嗎？」

貝里歐斯盯著我的臉。他沒有明言，臉上卻明顯寫著「這小子跩什麼跩……」面容扭曲。他氣得漲紅了臉，向我抗議：

「恕我直言，我得到王妃殿下的許可，正式成為了您的老師！」

「我得到母后的許可正式解僱你，所以你已經是外人了。啊，這給你。」

我將粉紅色的解僱通知書塞給貝里歐斯。上面確實有母后的簽名。

貝里歐斯一副不敢相信的樣子搖搖頭。

「怎……怎麼會……王妃殿下不可能同意這種事。」

「貝里歐斯光是指導第二王子就分身乏術，還要抽空教我，我過意不去，請您放他自由。我這樣告訴她，母后就喜孜孜地在解僱通知書上簽名了。」

順帶一提，之前解僱女僕時我也是說：「為了讓我能徹底獨立，我想刻意不雇用女僕。雖然這樣對介紹人特蕾絲側妃不太好意思，但我覺得只要我身邊還有女僕，就會忍不住想去依賴她們。」母后便乾脆地簽了名。

有時會感謝那個人很好騙。

「沒、沒這回事……我並不是沒空指導您。那是誤會。」

貝里歐斯試圖辯解，反正聽了也是浪費時間，我便在他說完前冷冷說道：

「不管原因如何，這半年間，你從來沒教過我魔法對吧？拿了薪水不做事，叫做怠忽職守。既然你的時間只夠用來教第二王子，專心指導他就好，不用管我。」

「我、我沒有指導您，是因為您的實力不到那個等級。」

「嗯。可是就算我的能力不到那個等級，喬治也有辦法教我。」

「……」

我斬釘截鐵地說，貝里歐斯刷白了臉。他八成想不到自己鄙視的笨蛋王子，會這樣反駁他。

更遑論自己去找魔法師代替他，他肯定沒料到。

「您、您或許不知道，那個人是無父無母的平民喔？是您看不起的平民喔！」

「我不記得自己曾經看不起平民。」

恢復記憶前，我極度鄙視平民，但我決定裝傻到底。

「你沒能力指導無能的我對不對？不好意思，逼你做不符合能力的事。所以，至今以來辛苦你了。雖然你好像也沒多辛苦。」

我對貝里歐斯露出燦爛的笑容，做出用大拇指劃過脖子的動作，向他宣布：

「貝里歐斯．蓋因，你被解僱了。」

「……！」

貝里歐斯捏爛通知書，大罵著：「成何體統！我要去跟王室抗議——！」離開辦公室。

跟王室抗議，你要怎麼解釋？

就算這叫不當解僱好了，他也沒資格抱怨。反正他八成會去跟第二側妃特蕾絲哭訴。

如果特蕾絲向我抗議，我就拿貝里歐斯怠忽職守還擊。

……是說喬治一直在捧腹大笑，彷彿看了一齣喜劇。我沒有要逗他笑的意思耶？

「呵呵……啊哈哈哈……那個貝里歐斯被小鬼頭解僱了。好遜。」

「可以不要叫我小鬼頭嗎？我已經十七歲了。」

討厭的人被年紀小自己一輪的人解僱，確實挺好笑的。

貝里歐斯想必覺得很屈辱。誰教他自己不好好工作？自作自受。

喬治就這樣笑到休息時間結束。

◇◆◇

「好了。接下來去戶外教學吧。」

「嗯。」

戶外教學指的是離開王城，前往王都。

基本上如果有護衛陪同，王族也能喬裝外出。護衛當然是喬治。他是上級魔法師，又會用劍，夠格擔任這個職位。

然而，離開王城後我們並未共同行動。

喬治去喝酒。我在街上散步。

我託喬治幫我弄了套平民的衣服。聽說只要穿上魔法師的長袍，捲入犯罪事件的可能性就會大幅降低。罪犯也會盡量避免惹上會用魔法的人。

根據《命運之愛~平民少女的王妃之路~》的劇情，喬治會把常去的雜貨店介紹給米蜜莉雅。

那是小人族開的店，販賣許多一般雜貨店買不到的稀有道具。儘管這樣對女主角不太好意思，但他先把那家店介紹給我了。今天我想去那家店看看。

那家店是一棟白磚蓋的老舊建築物，平常客人不多，卻會提供一般店家不會賣的稀有道具，是內行人才知道的店。

我最想要的是密魯水。

這種水只能取自小人族居住的夢幻森林裡的密魯泉。是一種能夠敏銳偵測到危及生命的毒素的神祕泉水，例如把這種水滴一滴進菜裡，偵測到毒素的話，料理會立刻變成藍色。

目前我的身體沒有出狀況，我也不覺得有人會對我下毒，但我無法排除食物裡慢慢被混入毒物的可能性。如果是原作也有出現的那種累積型毒素，每日攝取的話，少量也足以致命。

考慮到可能已經有人對我下毒，我想先買一些能應對各種毒素的藥。

「歡迎來到佩可琳雜貨店。」

這個店名聽起來像亂取的，其實好像是出自店長的名字。

店長是女性小人族，乍看之下像個圓滾滾的小孩。頭戴紅色魔法帽，儼然是童話故事裡的小人。圓圓的臉蛋和圓圓的眼睛，跟洋娃娃一樣。

我立刻請她賣密魯水給我。

「客人真是知識淵博，居然知道密魯水！」

店長佩可琳閉上一隻眼睛豎起大拇指，爽快地賣給我。

嗯，這家店破破爛爛又光線昏暗，店長卻活潑到不行。

櫃檯上放著裝透明液體的小瓶子。

我付完錢，把裝有密魯泉泉水的小瓶子放入隨身包時——

「好久不見，佩可琳。我今天是來買密魯水的。」

「啊，薇涅姊，好久不見。咦？跟妳一起來的女生是妳的妹妹嗎？」

「不是，是我的徒弟。」

我轉頭望向從後面走過來的客人，看見兩位女子。

一位是穿著暴露洋裝的妖豔美女。既然會來這家店，推測是藥師或魔法師。

另一位……竟然是我認識的人。

她怎麼會在這裡？

我瞬間以為是我看錯，不過兜帽底下看得見美麗的紅髮，以及玫瑰金色的眼睛。讓我一見鍾情，剛強及可愛兼具的美麗臉蛋，我不可能看錯。

站在那裡的，是身穿魔法師服裝的克拉莉絲·夏雷特。

「克、克拉莉絲……？」

「艾、艾迪亞特……殿下。」

第四章 反派千金與反派王子共同學習

◇◆克拉莉絲視角◆◇

本人克拉莉絲．夏雷特，跟著師父薇涅來到王都的佩可琳雜貨店，艾迪亞特殿下居然也在那裡。

還跟我一樣穿著魔法師的長袍。

原作沒有這段劇情。

再說，原作的克拉莉絲應該不知道這家店。是薇涅跟我提到調製萬能藥需要密魯泉的泉水，我才跟她一起來購物的。

佩可琳雜貨店是原作也有提到的稀有道具的寶庫。我過著這樣的生活，當然會想採購各種道具嘍。

「哎呀，兩位認識嗎？」

薇涅看看我又看看艾迪亞特殿下，揚起嘴角。

呃、呃，妳露出那種充滿期待的笑容也沒用，不會有少女漫畫般的甜蜜劇情啦！

哇，連店長都奸笑著凝視我們。

不、不會有那麼甜蜜的劇情啦——

「我是克拉莉絲的未婚夫，艾迪亞特．赫汀。」

「艾迪亞特．赫汀第一王子殿下！……您還小的時候，我遠遠看過您，您都長這麼大了。」

對喔，薇涅原本是宮廷藥師，在城裡看過小時候的艾迪亞特殿下。

薇涅看向我，不知道想到了什麼，用手遮住揚起的嘴角，對艾迪亞特殿下深深一鞠躬。

「我是指導克拉莉絲侯爵千金的薇涅．亞黎安納，只是個小藥師。」

「薇涅．亞黎安納……！」

艾迪亞特殿下聽見她的名字，大吃一驚。他知道薇涅是誰嗎？薇涅是前宮廷藥師，又非常優秀，聽過她的名號並不奇怪。

艾迪亞特殿下立刻露出若無其事的笑容，詢問薇涅：

「藥學？妳都在教克拉莉絲什麼呢？」

薇涅臉上浮現淘氣的笑容，得意洋洋地回答艾迪亞特殿下。

「當然是媚藥或壯〇藥的作法。」

「請妳不要騙人！」

我馬上強烈抗議。

她、她在胡說什麼——！要是艾迪亞特殿下以為我會做那種藥，會覺得我是個超級變態女啦啦啦。

「我學的是基本藥物的調製法！例如治感冒的藥，或治療腹痛的藥。」

「呵呵呵，要不要我教妳讓那孩子溺愛妳的強力媚藥？」

薇涅用性感的聲音在我耳邊呢喃，我的腦袋瞬間變得跟熱水器一樣燙。

嗚嗚嗚，好恨忍不住想像被艾迪亞特殿下從身後擁入懷中的自己。

退散，煩惱退散！

「不、不用教我那個！總、總之快點辦完正事回家吧！」

「哎呀，你們難得見面，何不跟未婚夫約個會？」

「不、不、不要亂講話……！」

看到我的臉頰越來越紅，艾迪亞特殿下愉快地笑著，朝我伸出手。

「克拉莉絲，妳的老師這麼貼心，要不要一起去逛街？」

「……！」

上輩子看見的洋畫，有一幅大天使米迦勒的畫，那幅畫的真人版就是這種感覺的笑容吧？

面對如此美麗的笑容，我有辦法直接拒絕嗎？不，辦不到。

艾迪亞特殿下的笑容令我看得出神，在半夢半醒間點頭牽住他的手。

我上輩子教過男朋友，對於跟人牽手逛街這點小事習以為常。不過，那僅僅是遙遠往昔的記憶。

如今我心中還住著一位缺乏戀愛經驗的十七歲少女，心臟怦通狂跳。

「那裡是王都最大的公園，梅倫廣場。」

艾迪亞特殿下大概是經常在王都散步，熟門熟路地擔任嚮導。

梅倫廣場中央有座巨大的圓形噴水池。中央設置了一尊女神像。

廣場各處都種了花，這個季節有許多藍色系的花，藍玫瑰拱門感覺很適合拍網美照。

艾迪亞特殿下在花朵的襯托下，顯得更加美麗。

美得超乎現實。好想疼愛他一輩子。

他察覺到我的視線，看著我歪過頭。

「克拉莉絲，妳怎麼了？」

「沒、沒事。」

「難道是因為我而看呆了？」

「咦……啊……是的。」

他大概是開玩笑的，我卻反射性老實承認。

艾迪亞特殿下好像也沒料到我會乖乖回答，瞠目結舌，滿臉通紅。

哇，他連耳根子都紅了……可愛的反應令我小鹿亂撞。

得喝點冷飲，冷靜下來。

「那、那個……要不要喝點東西？」

公園的攤販有賣果汁。我想讓火熱的臉頰降溫，走著走著也渴了。

艾迪亞特殿下點頭贊同，牽著我的手走向攤販。

感覺真的像一對戀人。

最好不要太期待……因為他遲早會愛上聖女米蜜莉雅。

可是唯獨此刻，我想享受這悸動的心情。

我們買了飲料，坐在公園的長椅上。

「話說回來，妳為何會想跟薇涅．亞黎安納學習藥學？」

「……」

差點被果汁嗆到。

也、也對。會想知道貴族千金為何跟住在城鎮一角的藥師求教，再正常不過。

「我雖然擅長治癒魔法，不過有些病光靠魔法無法治療。之前我發燒病倒了，擅長的治癒魔法一點用都沒有，手邊也沒有藥，在我感到著急時，我想起母親臥病在床時，有人幫她開藥。」

「我懂了，那個人就是薇涅。」

「是的。她年紀輕輕，卻是非常優秀的藥師。」

艾迪亞特殿下相信了這個說法。

真心話是以防萬一，我想學習各種技能，好讓我能夠獨立求生。

「學藥學開心嗎？」

「是的，那是一門非常深奧有趣的學問。」

「有時間的話，我也想研究一下。」

「殿下也對藥學有興趣？」

「嗯，我現在在學魔法，上級魔法會消耗大量的魔力。魔力耗盡時會自己做藥比較方便，我打算請宮廷藥師教我。」

我在內心瞪大眼睛。

他是不是提到上級魔法？

原作的艾迪亞特應該不會用魔法才對。他的師父貝里歐斯設定成因為第一王子頭腦太差，乾脆放棄教育。

反派王子是在覺醒成「暗黑勇者」後，才學會使用魔法的。

從茶會那一天起，我就覺得他跟原作的艾迪亞特不一樣，原來他還在認真學習魔法。而且連藥學都想學，給人一種非常用功、正經的印象。

如果繼續走在正道上，他是否就不會成為「暗黑勇者」？

在我滿腦子想著這些事的時候——

第四章

反派千金與反派王子共同學習

「喂喂，師父寂寞地獨自喝酒，你這個徒弟怎麼在跟可愛小女生約會？」

長椅後面傳來可怕的聲音。

轉頭一看……哇，是個大帥哥。不過看起來有點輕浮。

白色連帽斗篷上，用藍銀雙色的線繡著翅膀跟劍的紋章……是宮廷魔法師，還是上級魔法師。

師父，所以他是貝里歐斯嘍？貝里歐斯是這麼帥的輕浮男嗎？？？

「獨自喝酒，你又被舞孃莉莉小姐甩了嗎？」

艾迪亞特殿下當場傻眼，長嘆一口氣，青年像在鬧彆扭似的噘起嘴巴。

「閉嘴啦──反正我就是跟戀愛無緣的男人。居然被這種臭小鬼超車。」

「臭小鬼……我好歹是這個國家的第一王子。」

「乾脆用不敬罪逮捕我吧──殺了我──」

青年嚎啕大哭，從背後抱住他，艾迪亞特殿下看起來超級不耐煩。

這個人真的是艾迪亞特殿下的師父嗎？他醉得好厲害。被怪人纏上了。

看我一臉錯愕，艾迪亞特殿下苦笑著為我介紹哭哭啼啼的青年。

「他叫喬治．雷米奧。是我的魔法老師。」

喬治．雷米奧！

啊──難怪他這麼帥。難怪他喝得爛醉。

喬治在原作是超受歡迎的角色。好女色又愛喝酒，認識女主角後就改頭換面，還對女主角一往情深……聽說喬治死掉時，讀者回應欄亂成一團。

不過說到喬治，應該是女主角米蜜莉雅的師父才對。怎麼會變成艾迪亞特殿下的師父？？？

我險些把手中的飲料弄掉，視線在艾迪亞特殿下跟喬治之間來回移動。雖說他喝醉了，艾迪亞特殿下卻沒有表現出不愉快的態度，頂多只有對賴在他身上的青年魔法師感到困擾。

說起來，原作裡面的艾迪亞特八成不可能找喬治當老師。

看得出他們不僅是師徒，也是能互相信任的關係。

啊，第一次見面，得先自我介紹才行。

「初、初次見面，我叫克拉莉絲．夏雷特。」

「克拉莉絲．夏雷特？喔，殿下的未婚妻嗎？我聽過傳聞……」

我從長椅上站起來，對他行屈膝禮，喬治驚訝地看著我。

克拉莉絲是傲慢千金的謠言，想必也傳到他耳中了。或者是克拉莉絲被第二王子討厭，才丟給第一王子當未婚妻的謠言。

「我聽說克拉莉絲是性格差勁的壞女人，所以她對於跟第一王子訂婚有意見，長得又不好看。怎麼跟謠言完全不一樣？」

「有、有這種謠言？我對於跟艾迪亞特殿下訂婚沒有任何意見，只覺得不勝惶恐。」

「我想也是，有意見就不會像這樣曬恩愛了。」

「我、我不記得我們有曬過恩愛！」

怎麼會傳出這種我毫無頭緒的謠言？越想越生氣！

只有我也就罷了……我無法忍受艾迪亞特殿下被人說閒話。

十之八九是娜塔莉或她的母親貝魯米拉在造謠。

參加那場茶會的貴族，都知道我的謠言是子虛烏有，不過沒參加茶會的人應該還會相信那些謠言。

「別放在心上，小妹妹。所謂的謠言就是經過包裝的惡意及願望，再藉由別人的嘴巴傳出去。尤其是妳身分高貴又漂亮，嫉妒妳的人要多少有多少。」

「我不介意。可是居然說我對艾迪亞特殿下有意見……他沒有任何令我不滿的地方，我無法理解為何會傳出這種謠言。」

「因為傳聞中的第一王子是笨蛋嘛。」

「那還真是惡意及願望。是他們自己希望第一王子頭腦不好吧。」

我勃然大怒，驚訝的表情在喬治臉上維持了一段時間。

我說了什麼奇怪的話嗎？

我面露疑惑，喬治勒住艾迪亞特殿下的脖子，狂摸他的頭。

「臭小子，你的未婚妻超懂事的。」

「喬治，你再不適可而止，我真的會搬出不敬罪治你喔？」

「你現在不是王子，是平民艾迪吧？萬一被人知道王子扮成平民跟未婚妻一起去街上約會，那才是大問題。」

的確，艾迪亞特殿下現在打扮得跟平民一樣。

王子應該很難弄到平民的衣服。說不定是拜託喬治幫他買的。

是、是說，這兩個人感情真的好好。

就算是因為喬治喝醉了，竟敢從後面抱住貴為王子的艾迪亞特殿下，這可是關係相當親密的人才做得出的行為。

可能跟我和薇涅的關係有點像？小說裡的反派角色艾迪亞特非常孤獨，幸好現實中的艾迪亞特殿下有個能交心的對象。

這時，一道水柱如同列車般經過我面前。

緊接著傳來的，是響徹四方的女性怒罵聲。

「妨礙兩位年輕人談戀愛的傢伙，活該被馬踢！」

喬治的身體突然飛到數公尺前，彷彿真的被馬踢中。

那是將水柱當成砲彈射出的水系攻擊魔法，名為水砲魔法（Water Missile）。中招的話會跟被人踢一樣輕易飛走。

「氣氛那麼好，瞧你做了什麼好事！」

咦……好熟悉的聲音。

我僵著臉轉過頭，薇涅鼓起臉頰，雙臂環胸站在那裡。

剛才那間雜貨店的店長佩可琳也在，擺出一副嫌無聊的態度噘起嘴巴。

「妳們該不會跟蹤我們吧！」

我嚇得驚呼，薇涅掩住嘴角，跟佩可琳一起笑出聲來。

「怎麼可能？我只是在跟佩可琳逛街，碰巧跟你們同方向。對吧？佩可琳。」

「對呀——我們只是在散步——」

兩位愛看熱鬧的女性盯著其他方向辯解。

她、她們一直在偷偷觀察我們嗎？太恐怖了。我根本沒發現被人跟蹤。

「快要可以看到接吻畫面了說。」

「就是說嘛——給我羅曼史，羅曼史！」

薇涅和佩可琳用水汪汪的眼睛看著這邊，我的臉頰瞬間發燙。

就算你們這樣說，我跟殿下又還沒進展到會接吻的關係！

雖說是正式的婚約對象，但我們才見面第二次，又不瞭解對方。

不過，她們這樣一說，我忍不住妄想……

跟艾迪亞特殿下接吻的畫面。

可惡！消失吧邪念！

我在內心為自己的邪念感到驚慌，不經意地望向艾迪亞特殿下，他也一樣面帶羞澀的笑容。

嗚嗚嗚……………笑起來很可愛的男生太犯規了。

被水柱轟到，淪為落湯雞的喬治撩起頭髮，板著臉站起身。

「誰用水砲魔法攻擊我的？」

「是我，宮廷魔法師先生。」

「什麼！妳做好覺悟──」

喬治氣呼呼地站起來，話只講到一半。他一動也不動，凝視薇涅，宛如時間暫時停止流動。

凸顯豐滿身材的暴露服裝、沒塗口紅卻依然紅潤的性感紅唇。以及洋溢女性魅力的美貌。

喬治快步走向薇涅，牽起她的手。

「即使我是個好男人，妳也不能用這種方式讓我濕身啊，這位小姐。」

「哎呀，誰教你在氣氛正好的時候礙事？」

「與其欣賞別人談戀愛，要不要自己展開一段戀情？」

語畢，喬治在薇涅的手背落下一吻。

好輕浮……小說裡應該沒有喬治．雷米奧追薇涅．亞黎安納的劇情啊。

薇涅甩掉喬治的手，冷冷別過頭。

「很遺憾，我對不識相的男人沒興趣。」

「我是人家對我越冷淡，我就越熱情的類型。」

「看來你想再嘗一發水砲？」

「如果是妳的攻擊，我會用全身承受給妳看。」

喬治愛上女主角米蜜莉雅，為了保護她，跟魔族皇子迪諾戰鬥，命喪戰場——然而在遇見米蜜莉雅前，他是個愛喝酒的花花公子。

此時此刻，他徹底展現了他的花花公子屬性。結果不言自明，吃了薇涅兩巴掌，被迫別過頭。

管他長得多帥，一見面就想追人的輕浮男根本不用考慮。

這種人真的會喜歡上女主角嗎？

搞不好這個世界的喬治不同。我和艾迪亞特殿下已經走在跟原作不同的道路上。其他角色也有可能這樣。

喬治輕浮歸輕浮，對喜歡的女性倒是很專情，假如他愛上薇涅……

薇涅的服裝風格雖然大膽暴露，但她憑一己之力扶養孩子，骨子裡是個正經能幹的人，還認真指導我藥學。

因此，我希望薇涅得到幸福。

若喬治願意只愛薇涅一人……他會嗎？

目前喬治怎麼看都只是個輕浮的搭訕男，我無法誠心支持他。

「對了，小姐，請問妳跟我徒弟是什麼關係？」

喬治從背後抱住艾迪亞特殿下，揉亂他的金髮，薇涅微微聳肩，回答：

「你徒弟的未婚妻的師父。虧我在為可愛徒弟的幸福祈禱，跟佩可琳一起守望他們。」

佩可琳點點頭。

守望講起來是很好聽，但我認為「基於一半的好奇心偷窺別人約會」更貼切。

「順便請教一下，克拉莉絲女士跟妳學的是？」

「藥學。這孩子說想要學會自己做藥。」

薇涅坐到我旁邊抱緊我——在奇怪的地方跟喬治較量。

「藥學……！這麼說來，我可愛的徒弟好像也說過想學藥學？」

「咦……我有跟你說過嗎？」

「有吧？你說你想學啊。」

「……嗯，對。」

艾迪亞特殿下移開視線，點了點頭，大概是被這抹笑容的魄力嚇到了。

他確實在跟我聊天時說過想學習藥學。

喬治又揉了一把艾迪亞特殿下的金髮，向薇涅提議：

「妳願意教我的徒弟藥學嗎?作為代價,我也會教妳的徒弟魔法。」

藥學好像不是喬治的擅長領域。薇涅的專業是藥學,在魔法方面頂多只會使用中級魔法,不會用上級魔法。

對於想要學習上級魔法的我而言,跟喬治.雷米奧學習魔法的提議並不壞,不如說舉雙手贊成,可是想到他別有居心,我實在很難坦率地答應。

薇涅似乎看穿了我的想法,笑著拍拍我的肩膀。

「好啊。能成為王子殿下的老師是我的榮譽,他感覺又會開出不錯的薪水。」

「喬治的薪水是三十萬吉洛,這個數字可以嗎?」

「!」

艾迪亞特殿下開的價,是薇涅之前跟我要求的薪水的三十倍,她驚訝得目瞪口呆。

不、不愧是王子,超級有錢。

她當然豎起大拇指,欣然答應了。誰會放走這麼一位大客戶呢?

就這樣,我和艾迪亞特殿下開始一起在薇涅家學習藥學跟魔法。

令人高興的是,喬治教了我不讓別人靠近的魔法,是他知道我瞞著家人偷偷來學藥學時教我的。

「洛斯.因塔雷斯提亞。」

我對房間施展這個魔法，淡紫色薄霧瀰漫屋內。

這陣霧籠罩房間的期間，其他人會變得對我不感興趣，不會靠近這個房間。

持續時間三小時，放置魔石的話可以持續半天。魔石的價格高達五萬吉洛，但可以反覆使用，又是必需品，我心一橫就跟佩可琳買了。

拜其所賜，從今以後我能夠自由外出，再也不用顧慮時間。

大多數的情況下，我會先抵達薇涅家。

艾迪亞特殿下跟喬治通常比較晚到，或許是因為離開王城前，需要花時間做一些準備。

「啊，是喬治和艾迪！」

艾迪亞特殿下和喬治抵達薇涅家時，基恩樂得撲過來抱住喬治。

喬治居然露出溫柔的笑容，高興地把基恩抱起來。

薇涅感到訝異。

「你挺習慣跟小孩相處的嘛？」

「因為我是在孤兒院長大的。照顧小孩小事一樁。」

「……」

喬治的語氣輕描淡寫，薇涅露出複雜的表情。

得知他出人意料的經歷，薇涅心生同情。對喔，原作中喬治好像只有跟米蜜莉雅聊過自己的經歷。

薇涅馬上拍拍手，打起精神。

「好，開始上課吧。」

之前我跟薇涅一起製藥的房間，成了我和艾迪亞特殿下的教室。由喬治先上課。

薇涅的養子基恩也跟我們一起聽課，明明他什麼都聽不懂。好可愛，感覺像多出一個弟弟。可是基恩似乎把艾迪亞特殿下當成了勁敵，不曉得是不是我的錯覺。他會嚷嚷著：「我也要做！」模仿艾迪亞特殿下做的事。是個不服輸的男孩。

喬治上課時會在中間穿插有趣的小故事，淺顯易懂。

知道魔法的起源後，我更能掌握施法的訣竅，效力及效果也隨之提升。

魔法的歷史——魔法史，在學校教的科目中容易被人看不起，不過喬治告訴我它其實是一門重要的學問。他雖然是個輕浮男，講話卻頗有道理。

我跟艾迪亞特殿下專心上課，好像讓喬治很開心，得意地教導我們各種知識。跟原作一樣，這個人真的好適合當老師——儘管是個輕浮男。

我最期待的是兩堂課之間的下午茶。上完魔法課後，我們會舉辦茶會稍事休息。每次薇涅都會端出剛烤好的蛋糕及餅乾招待大家。

薇涅烤的餅乾十分美味。跟在之前那場茶會上吃到的餅乾比起來，有種不同的風味。用全麥麵粉和燕麥片烤的餅乾既健康，味道又溫柔質樸，我超級喜歡。

原作的克拉莉絲真的好笨。居然給這麼好的人造成困擾。

我再度於心中發誓，絕對不會成為小說裡的那種壞女人。

有部分是因為我不想死，同時也是不想失去善良的藥師薇涅的笑容。

而且……

我偷偷瞄向坐在隔壁的艾迪亞特殿下。

他也津津有味地吃著薇涅親自烤的餅乾。

原作中的艾迪亞特．赫汀，可是會怒罵：「庶民做的東西能吃嗎！」的人。

還是討厭念書的愚蠢王子。身在此處的艾迪亞特殿下卻非常用功，想要吸收所有的知識。

我花一個月掌握的內容，他只花了半個月。轉眼間就被追上。魔法也已經精通上級魔法，現在在致力學習光魔法。

不過，艾迪亞特殿下不太擅長治癒魔法。他希望可以的話，想學會熟練運用上級治癒魔法，可惜一直遇到瓶頸。

我擅長的是治療魔法和輔助魔法，應該可以補足他的弱項。比不上聖女大人就是了。

儘管威力不足以讓瀕死的人類復活，但我想變得能夠多治療一些傷患及病患。這樣未來才能扶持艾迪亞特殿下……雖然我們還沒確定要結婚。

不行，不可以說喪氣話。

按照原作的劇情走向，艾迪亞特殿下最後也會沒命。

未來固然令人擔憂，不過現在要好好加油，以避免最壞的情況。

艾迪亞特殿亞選了我當未婚妻。

在那個瞬間，劇情走向就跟小說截然不同。

為了讓這個人活下來，為了讓我自己活下來，只能將那些旗幟一根根拔除。

◇◆◇

赫汀學園女生宿舍的入住日，在開學典禮的兩週前。

考慮到一直是千金大小姐的少女突然要獨自生活，宿舍很早就開放入住了。

原因不只一個。家具、衣服等生活用品需要時間採購。此外，校方想讓學生在開學前先慢慢習慣宿舍生活，判斷他們是否適合住在宿舍。

我站在赫汀學園附設的女生宿舍前。

學校位於王都的郊外地區，離雷尼鎮挺近的，所以我其實也可以住家裡就好。

但我要求搬進宿舍。爸爸的反應是：「隨便妳。不過住宿費妳要自己出。」娜塔莉當然是住家裡。

以自己負擔住宿費為條件得到允許的我，入住日當天就搬出去了。那種地方我一秒都不想多待。

這裡就是我以後要住的地方啊。

白磚牆和三個形似尖帽的紅屋頂。

正中央的屋頂特別高，是因為那裡是監視塔嗎？

在學校的服務處辦理入住手續時拿到的橘色魔石，是宿舍的鑰匙。

用手中的橘色魔石感應鑲在大門中央的透明無色魔石，門上的魔石會發出綠色光芒，打開入口。

裡面的入口大廳給人的感覺，比起宿舍更像飯店。

兩位千金小姐正在那邊聊天。

「那個克拉莉絲・夏雷特女士真的要搬進宿舍嗎？」

「不會吧……我聽說她是超傲慢的女人。」

「好擔心能不能跟那種人友好相處。」

「……」

最後那句「……」是我的反應。

入住日第一天，其他住宿生就對我戒備萬分。

那些在聊八卦的貴族千金，不知道我長什麼樣子，因為除了梅里雅王妃主辦的那場茶會，我從未參加過社交活動。

「但也有人說她其實被繼母虐待。」

「噢，難怪要搬進宿舍。」

「啊，妳最好也要小心克拉莉絲女士。」

其中一位千金小姐發現我中途走進來，對我說道。

呃、呃啊……難以啟齒。

我穿著樸素到極點的洋裝，她們八成萬萬想不到我是克拉莉絲本人。

可是，總不能隱瞞事實。

我盡量露出友善的笑容自我介紹。

「我就是妳們說的克拉莉絲．夏雷特。」

「「！！！？？？」」

她們緊盯著我。

傲慢貪婪的大小姐穿著簡樸的服裝……反而更像平民。

不能怪她們覺得難以置信。

「真、真的是那位克拉莉絲小姐……？」

「是的。」

「那位夏雷特侯爵家的千金？」

「沒錯。」

兩位千金面面相覷，臉色刷白，竟然當場跪在我面前。

「真的非常對不起！對第一王子殿下的未婚妻克拉莉絲小姐說了這麼失禮的話。」

「我、我願意接受任何處罰！您大人有大量，請饒了我的家人……！」

克拉莉絲到底被人當成多壞的女人啊。

我苦笑著輕拍其中一位學生的肩膀。

「我很清楚我在社交界的風評。聽說那些謠言，妳們會提高戒心很正常。但我未來打算低調行事，可以的話希望妳們不要怕我。」

「「……！」」

兩位千金小姐聽了，眼眶泛淚，雙手交握於雙前，彷彿在向上天祈禱……她們不久前還把我當成壞女人害怕，現在則把我當成女神膜拜。

「謝、謝謝您！克拉莉絲小姐，您是多麼溫柔啊。我、我是韋布斯特男爵家的蘇珊。您的慈悲為懷，我一輩子都不會忘記！」

「我是柯恩子爵家的凱特。真的、真的請您原諒我剛才失禮的發言。」

韋布斯特家和柯恩家都離王都很遠，也不是富裕的家族。小說中的克拉莉絲將像她們這樣的貴族千金收為部下。

她們現在也表現出一副我講什麼話都會聽的態度。然而同為住宿生，我想把她們當成地位對等的朋友好好相處，而非部下。

「剛才那件事就當沒發生過，讓我們交個朋友吧。」

兩人感動地不停點頭。

我認為她們的本性並不壞，只是容易被謠言影響。

不過她們看起來還有點怕我。我得認真過著低調的生活，以免給其他住宿生添麻煩。

老家當然不會贊助我，因此住宿費跟學費都必須自己付。

幸好我目前不愁沒錢。除了母親留給我的遺產，我自己現在多少也能賺一些錢。

薇涅的店和王都的佩可琳雜貨店，讓我把我做的藥放在那邊寄賣。王國軍也會委託我製作回復藥跟解毒藥。

我的回復藥品質良好，極為暢銷，多的時候曾經創下一天二十萬吉洛的銷售額。

宿舍的房間絕對稱不上大，但也夠一個人住了。

有的貴族千金會抱怨床鋪太簡陋，對我而言卻遠比家裡的床舒服。

這時，敲門聲傳入耳中。

我說了句：「請進。」名為蘇珊的千金小姐戰戰兢兢地向我遞出裝蘋果的籃子。

「克拉莉絲小姐，這是我家領地種的蘋果。不嫌棄的話請嚐嚐。」

「哎呀，謝謝妳，蘇珊小姐。」

是想為剛才的失禮之舉賠罪嗎？原作的克拉莉絲可能會嗤之以鼻，但我會高興地收下！

有點小的鮮紅蘋果，發出清爽甘甜的香氣。

這麼新鮮，比起切片吃，整顆拿起來咬應該更美味。

如果吃不完，下次用這些蘋果烤蘋果派吧。

上輩子我迷上自己做派皮，假日經常做。有時用那些派皮烤鹹派，有時烤肉派、蘋果派。

下次借薇涅的廚房做做看吧。

我聞著蘋果清新的香氣，誠心感慨。

搬進宿舍真的太好了！

以後就可以不用看見討厭的家人，也不用看見煩人的傭人。

我要盡情享受自在的獨居生活！

◇◆艾迪亞特視角◆◇

我轉生成了小說中的反派王子艾迪亞特・赫汀。為了避免走進跟原作一樣的壞結局，決定採取不同的行動。

首先是跟原作的主要人物之一，預計成為我的異母弟弟第二王子亞諾魯德未婚妻的反派千金克拉莉絲訂婚。

再雇用女主角米蜜莉雅的老師——魔法師喬治・雷米奧當老師。

或許是因為這樣影響了劇情走向，反派千金克拉莉絲也走上跟原作不同的道路。

首先，她對於成為我的未婚妻沒有特別排斥。原作的克拉莉絲恐怕會死命抵抗。

她還找在原作中抓她的兒子當人質，威脅她製毒的藥師薇涅・亞黎安納當藥學老師，兩人情同姊妹。

劇情差異不只這些，理應愛上米蜜莉雅的喬治，迷上了薇涅。

他一見面就想用花言巧語追人家，引來薇涅的反感，現在薇涅非常提防他。

可是，喬治看到薇涅靠一己之力扶養不是親骨肉的幼童，似乎對她產生了跟以前追酒館的大姊姊時不同的感情。

而且，他對薇涅失去親生父母的姪子基恩也照顧有加，會順手買點心、繪本給他，還會買小玩具送他玩。

我們跟一家人似的，在薇涅家生活。

「今天我跟克拉莉絲一起烤了蘋果派！」

薇涅和克拉莉絲分別端著一盤剛烤好的蘋果派。

跟克拉莉絲一樣住在宿舍的貴族千金送了她許多蘋果，一個人吃不完，於是她決定拿來做蘋果派。

我跟喬治一起從王城來到薇涅家，克拉莉絲則提前搬進學校的宿舍，從那裡過來。

「克拉莉絲好會做甜點。這個蘋果派拿去賣，說不定會賣得不錯。」

「討厭，薇涅妳太誇張了啦。」

薇涅和克拉莉絲相視而笑，感情真的很好。也許對於缺乏親情的克拉莉絲來說，薇涅在不知不覺間成了她心靈的依歸。

分切成小塊的蘋果派和紅茶。

就我看來無比耀眼。

這、這就是未婚妻親手做的點心……我上輩子沒談過戀愛就結束人生，高興得差點哭出來。而且這塊蘋果派跟薇涅說的一樣，外觀精緻得可以拿去買。

「藥師普遍擅長烹飪。雖然也有人做的菜難吃得可以當殺人兵器。」

我贊成薇涅這句話。製藥和烹飪確實有不少共通之處。

我馬上吃了一口蘋果派。

「好吃……」

我不擅長分享食評，只講得出簡單的評語。

然而其他人的第一句話，也是「好吃！」「太好吃了吧～！」之類的率直感想。

酥脆的派皮、不會過甜的糖炒蘋果，好像還加了一點卡士達醬？

「不只是現烤的，冰的也很好吃喔。」

克拉莉絲微微一笑，令我怦然心動。

我含著叉子，不小心看得出神。

糟糕……我有自覺我對她一見鍾情，可是我好像要變得更喜歡她了。

我和克拉莉絲可以說是所謂的政治婚姻。這麼激動好嗎？不不不，我除了是王子，更是個十七歲的少年。激動一點又有何妨？

克拉莉絲看起來也不像原作那樣野心勃勃，趕快放棄王太子的寶座，乾脆連貴族的身分都拋下，兩個人一起住在小小的家裡也不賴——不切實際的妄想浮現腦海，享用克拉莉絲親手做的甜點跟紅茶度過的悠閒時光實在太舒適，害我不禁做起白日夢。

踏上跟原作不同的道路，使我越來越幸福。

儘管對將來有些許不安，但我忍不住希望大家都能像這樣邁向幸福。

◇◆◇

光陰似箭，我和克拉莉絲進入赫汀學園就讀了。

年滿十七的王族、貴族子弟需要去上學，培養身為王族及貴族所需的社交能力，學習知識。

在我的前世，十五歲之前都是義務教育，這個世界則是十六歲以前在家學習即可，十七歲再開始去學校上學。

第四章

反派千金與反派王子共同學習

順帶一提，日本是四月開學，這裡是六月，社交季結束後才開學。

進入王立赫汀學園就讀的我，分到了A班。

走進教室，克拉莉絲也跟我同班，還坐在我旁邊。怎麼想都是學校安排的。

原來這個世界的班級也會用英文字母分。記得冒險者等級也是。也對，這裡與其說是異世界，不如說是小說中的世界。應該是刻意設定成這樣，方便讀者閱讀。

班級視成績而定，最優秀的學生在S班。然後按照A班、B班排下去，入學時就會被分類成優等生或劣等生。

接受學校的測驗時我尚未恢復記憶，不清楚艾迪亞特的成績如何，但他好像連初級魔法都不會用，所以我以為會是更後面的班級。

八成是王室的人分到C班或E班太難看，校方才把我分到A班。

根據原作的設定，克拉莉絲是S班。恐怕在現實世界中，她本來也應該要分到S班，校方希望第一王子的未婚妻幫忙照顧我這個劣等生，才把她分到A班——以上純屬推測。

入學前我已經把課本、魔法史的書籍、魔導新聞的內容記得滾瓜爛熟，不過這點程度的努力，其他學生也不會疏忽吧。

得努力跟上其他人，以免進度落後。

「第二王子是S班，第一王子卻是A班啊……」

「我甚至懷疑他有沒有A班的實力。」

兩位男學生的交談聲從走廊傳來，彷彿要故意讓我聽見。

我不知道那兩個人叫什麼名字，感覺像第二王子亞諾魯德的跟班。推測是站在亞諾魯德之母特蕾絲那邊的貴族子弟，想要不著痕跡地向我施壓。倘若我敢回嘴，他們會馬上跟亞諾魯德求救吧。

花時間在這些人身上太傻了，我決定無視。

至於坐在我旁邊的克拉莉絲，同樣受到許多人的關注。大多是憧憬及羨慕的目光。

不意外。克拉莉絲比在場任何一位學生都美麗。

她從未出席社交活動。跟她有關的謠言雖然滿天飛，但親眼見過她的大概只有參加之前那場茶會的人。

當時她綁著土氣的髮型，穿著樸素的便服，掩蓋住她的美貌。

上學時則要穿校方指定的制服，校規也有規定瀏海要剪短，克拉莉絲便找了雷尼鎮的理髮師幫她剪頭髮。

瀏海也剪短了，因此至今以來只有我知道的美貌展現出來，一走進教室就引來全班的注目。

「誰說克拉莉絲．夏雷特是醜女的？」

「是性格醜陋吧？」

「如果是我，能娶到那麼漂亮的人，性格差勁也沒關係。」

「哼，只有臉能看。跟第一王子真配。」

剛才說我壞話的傢伙，在最後酸了一句。

你講得那麼不甘心也沒用。想在社會上生存，長得好看是能讓自己取得優勢的武器。

不管是今生抑或今生，都適用這個道理。值得感謝的是，我這輩子跟前世不同，擁有出眾的相貌。

那個人是想諷刺我們，才說我跟稱之為絕世美女的克拉莉絲很配，對我來說卻是無上的讚美。

我在慶幸大家終於也知道克拉莉絲是個美女的同時，又有種不希望任何人知道的類似獨占欲的心情，心裡五味雜陳。

「克拉莉絲，下一堂課是什麼？」

「魔法史。」

「啊——魔法的歷史嗎？年號我有點記不熟。」

「我也是。還有發明水魔法術式的是伊莉妮，發明火魔法的是伊莉娜，這兩個人很容易搞混。名字太像了。」

克拉莉絲愉快地笑著。

唔……我的未婚妻好可愛。絕世美女笑起來真是可愛。

班上的人見狀，震驚地交頭接耳。

「克拉莉絲不是不想跟第一王子訂婚嗎？」

「我聽說是王子不願意。」

「他們看起來感情很好。」

「亞諾魯德殿下對她完全沒意思，她才屈就於艾迪亞特殿下啦。」

……喂，誰說屈就的？

就算我不如第二王子，這人未免太看不起王族了吧？

我正想開口，克拉莉絲從座位上站了起來。

她走到說我們壞話的女生面前，面帶笑容，直截了當地說：

「艾迪亞特殿下指名我當她的未婚妻，我不僅感到誠惶誠恐，也覺得非常幸福。我對此毫無不滿，也沒有屈就的意思。」

「幹、幹嘛……妳在嘴硬嗎？妳都被亞諾魯德殿下討厭了。之前那場茶會，他也是因為不想見妳才缺席。」

那個女生是怎樣？

竟敢不用敬語跟克拉莉絲說話，同樣是侯爵家的人嗎？該不會是大公的女兒？

對方如此失禮，克拉莉絲卻泰然自若，語氣堅定。

「我與亞諾魯德殿下素未蒙面，如果殿下聽過那些傳聞，對我產生反感也是理所當然。

可是艾迪亞特殿下聽過我的傳聞，依然指定要跟我訂婚。我對他是滿心感謝，怎麼可能有意見？」

我聽了倒抽一口氣。

老實說，我自己也隱約想過她說不定是因為得不到亞諾魯德的喜愛，才屈就於我。

克拉莉絲卻當著所有人的面，明白地表示。

成為我的未婚妻是幸福的，她很感謝我。

沒想到她會這樣想。

「請妳努力成為亞諾魯德殿下的未婚妻人選，不要屈就於其他對象喔。」

「……！」

說我壞話的貴族千金的擇偶條件被強制拉高，臉色鐵青。

這個女生沒有用敬語跟克拉莉絲說話，所以我以為她是侯爵或地位更高的家族出身，事後我才知道，她其實是子爵家的千金。純粹是不知輕重的千金小姐在對克拉莉絲亂吠。

有些學生為克拉莉絲光明磊落的態度皺起眉頭，崇拜地看著她的人卻更多。

我因為看過小說的關係，剛開始主要是看中克拉莉絲的能力，內在則是其次。

然而，克拉莉絲．夏雷特本人謙虛有禮，跟傲慢一詞完全扯不上關係，基本上很低調。另一方面又擁有遭受毀謗時，會抬頭挺胸與之對抗的力量。

幸好有指定要跟她訂婚。

最令我高興的，是她當眾宣言跟我訂婚很幸福。

◇◆◇

魔法史由高齡八十八歲的托勒曼魔法博士授課。

這個世界跟前世不同，教職員工並未規定特休年齡。

托勒曼魔法博士是小人族，身高跟人類的小孩子差不多……只有一百公分左右。

他頂著一個大光頭，茂密的白鬍鬚卻長得快要拖到地面。

「呵呵呵。我想各位都知道四元素魔法的始祖是誰，克拉莉絲．夏雷特同學。火魔法的始祖是哪位？」

「伊莉娜．希斯。徹底完善術式的，據說是她的徒弟阿弗洛斯。」

「沒錯。唔，居然知道阿弗洛斯這號人物，看來妳還有看課本以外的魔法書。那麼旁邊的艾迪亞特．赫汀同學。人稱風魔法始祖的是哪位？」

「風魔法始祖是溫迪歐。」

「嗯，那麼溫迪歐的姓氏是？」

這個老爺爺問的問題真刁鑽。

課本上並沒有提到溫迪歐名字的由來。要是我答不出，他八成會對我說教，要我身為王族多多學習隔壁的克拉莉絲。

不好意思，我不打算開學第一天就聽人訓話，所以我果斷地回答：

「溫迪歐是諾德王家的人。他原本是諾德蘭王國的王子。貴為王族的諾德家代代都是暴君，令國民痛苦不堪。溫迪歐以這樣的王家為恥，留下遺言，希望後人不要提到他的姓氏。」

「哎呀，殿下似乎也把魔法書看得很熟。」

托勒曼老師捻著白鬍鬚，誠心感到佩服。

推測是看到我的入學考成績，沒料到我答得出來。

若我沒想起前世的記憶，搞不好連課本都不會看。

我不經意地環視周遭，有些學生用看異類的眼神盯著我。

喔，他們也沒想到我能立刻回答吧。

「這麼簡單的問題，亞諾魯德殿下一秒就答得出來。」

我的隨從兼特蕾絲的間諜卡堤斯嘀咕了一句。

托勒曼老師睜大眼睛，望向卡堤斯。

「哦，你能回答得更快嗎？不簡單。」

「咦……？呃，不是我，是亞諾魯德殿下。」

「那麼，我來問問你土魔法的問題吧。土魔法的始祖是誰？」

「咦……那個……就說不是我了……」

「土魔法的始祖是誰啊——？」

托勒曼老師加強語氣，卡堤斯面無血色。

真蠢，連在課堂上都要拿我跟亞諾魯德比較。大概是因為我表現得還不錯，他才會反射性稱讚亞諾魯德。

「啊，這個嘛……是比蒙特．裴古。」

「嗯。可是近年有人提出另一派的學說，認為土魔法始祖另有其人，是誰啊——？」

喂喂喂，這個老爺爺問了魔法書上也沒有提到的新說喔。

那是學會最近發表的學說，震撼了魔法界，因為這樣就得重編課本了。

魔導新聞也有提到這件事，有看的人就知道，但不知道的人照理說會更多。

喬治說過魔法史老師一定會從魔導新聞裡面出題，真的耶。

「你不知道啊。進學校念書就已經是大人了。報紙總該看一下吧。」

卡堤斯立刻紅著臉低下頭。

小說裡面有一段劇情是艾迪亞特答不出老師的問題，羞愧得低下頭。老師也叫他向亞諾魯德看齊，令他灰心喪志，現在卡堤斯就處在這種狀況下。

「殿下似乎知道喔。」

「咦？」

「因為您和其他學生不同，眼神沒有飄來飄去。」

「啊……是的。我只有在報紙上看過，所以不算太瞭解，土魔法的始祖是庫羅多．馮斯，比蒙特．裴古的徒弟。」

「沒錯。簡單地說，比蒙特偷走了徒弟的研究成果。明年的課本會改成土魔法始祖是庫羅多，各位同學記好嘍。」

……同學們的視線一口氣集中到我身上。

大家都用奇怪的眼神看我。艾迪亞特在其他人心中到底有多笨？

本想盡量避免引人注目，但身為王子好像沒那麼容易。

魔法史課上完後，我來到圖書室。

這裡說不定有王城的圖書室裡沒有的魔法書。

我在途中經過B班的教室。

B班是克拉莉絲的妹妹娜塔莉的班級。

聽說她的父親砸了一堆錢給學校，想讓娜塔莉分到跟克拉莉絲一樣的A班，然而就算想走後門也該適可而止，妹妹就分到了B班。

不過，或許是侯爵千金的地位和天生的女王氣質使然，旁邊有許多疑似跟班的女學生。

她們看到我從教室前面經過，望著彼此紛紛竊笑。

上輩子也有這種女生。

我嘆了口氣，繼續往圖書室前進，一名女學生從正面走來。

我的臉色瞬間僵住。

粉紅色長髮、桃紅色眼睛，光看外表就惹人憐愛的耀眼美少女，正走向這邊。

那個髮色，莫非是原作的女主角米蜜莉雅．波爾特魯？

這所學校是以女主角米蜜莉雅為中心推進劇情的，我忘得一乾二淨。

原作裡面，艾迪亞特和米蜜莉雅在走廊不小心撞到，艾迪亞特單方面對她一見鍾情……

我默默閃開，免得撞上她。

「咦！」

對方驚呼出聲。

應該是因為差點撞上，她嚇了一跳，但這個反應會不會太誇張了？

而且擦身而過時，她還用詫異的眼神看著我。

我只不過是因為差點撞上才往旁邊閃，幹嘛露出那種表情？？

總覺得米蜜莉雅的態度怪怪的。在我繼續深思前，卻聽見刺耳的怒吼聲。

「米蜜莉雅．波爾特魯！妳這個庶民哪有資格踏進這間教室！我先告訴妳，這裡已經沒有妳的位子了！」

「好、好過分……」

那名少女果然是米蜜莉雅。我停下腳步，回過頭。

對米蜜莉雅怒吼的，居然是娜塔莉。

原作的女主角米蜜莉雅是B班，會被克拉莉絲的異母妹妹娜塔莉欺負的樣子。

緊接著，數名男子同時擋在米蜜莉雅面前，向娜塔莉和她的跟班抗議。

「別再對她這麼凶。」

「我親眼看到是妳們把她的桌椅藏起來！」

我很想吐槽為何不在看到時制止她們，八成是想在米蜜莉雅面前耍帥。

女主角米蜜莉雅是個魔性之女。

在原作之中，為可愛的她傾心的貴族子弟多不勝數，包含男主角跟男配角在內。

「區區男爵之子，吵什麼吵？」

「別因為妳是侯爵千金就敢囂張！」

……有那麼多騎士保護她，看來是不用擔心了。

那女孩雖然一副快哭出來的模樣，嘴角卻瞬間勾起笑容。我認為她是比想像中更堅強的女性。

被迫看了齣詭異的鬧劇，我略感疲憊，深深嘆息。

學校的圖書室比想像中更寬敞，高達天花板的書架放滿舊書和新書。

太令人期待了。

其實我想調查一件事。

在原作當中，未來會有魔物大軍攻過來。現實世界也可能發生那種事，所以我需要調查魔族的情報。

記錄魔族情報的書在……噢，這個書架嗎？

哇，好多黑色封面的書。我拿出其中一本翻閱。

根據書上的資料，這個世界數百年會遇到一次魔族的侵襲。

魔族出現在世上時，聖女會誕生，勇者也會誕生。

然而，魔族也會在人類之中找到「黑炎魔女」及「暗黑勇者」。

「黑炎魔女」和「暗黑勇者」會率領魔物大軍，讓世界陷入恐慌。

原來如此，大部分跟小說寫的一樣。

也就是說，數百年會發生一次那樣的戰爭。

認為會發生同樣的事，為此做準備的人類究竟有多少？

數百年前應該也發生過跟魔族之間的戰鬥，人們卻徹底將其當成童話故事。

就算我說以後會有魔族攻過來，叫大家提高戒心，也不會有人相信吧。

儘管如此，最好拿國防當藉口，致力於強化軍備，培育魔法師跟藥師。

在我專心思考這些事的時候，一名女學生走進圖書室。

啊，是克拉莉絲。

她著急地左顧右盼，好像在找東西。

她把手撐在圖書館的窗邊嘆氣，不曉得是不是找不到。我看不下去，輕拍她的肩膀。

「怎麼了？瞧妳急著跑進圖書室。」

「啊……艾迪亞特殿下……那個……我在想托勒曼老師剛才問的問題。我沒看報紙，所以不是很懂。我想說圖書室應該有報紙，卻沒看見。」

「難怪妳急急忙忙跑來圖書室。老師問的是非常專業的報紙的內容，看一般的報紙不會知道。」

「咦？是哪種報紙？」

「叫做魔導新聞，專門給魔法師看的報紙。上面會刊登跟魔法有關的最新資訊，挺有趣的。不然明天開始，我把我看的報紙帶給妳看如何？」

「真、真的可以嗎！」

「對王族來說，瞭解魔法研究的近況非常重要。」

「謝、謝謝您！殿下。」

她的雙手下意識於胸前交握，彷彿在向上天祈禱，兩眼發光，真是可愛。

可是身為未婚妻的她叫我殿下，總覺得有股距離感，怪寂寞的。

機會難得，直接告訴她我的感受吧。

「我說，妳畢竟是我的未婚妻，若妳不排斥，可以直接叫我名字嗎？」

「咦……那、那個……我已經在用名字叫您了。」

「是沒錯，但妳都叫我『艾迪亞特殿下』。不用加殿下，艾迪亞特就好。」

「太、太僭越了。」

「哪會？那艾迪亞特先生就好。」

「艾、艾迪亞特先生……嗎？」

克拉莉絲怯生生地問。我的內心湧起對她的憐愛之情。

小說中的克拉莉絲，即使想叫亞諾魯德的名字，也不能這樣呼喚他，明明她是正式的未婚妻。

我不會讓妳嘗到那種辛酸的滋味。

「艾迪亞特先生……」

「嗯，聽起來不錯。以後妳就這樣叫我吧。」

語畢，我在克拉莉絲的手背落下一吻。

克拉莉絲面紅耳赤地低下頭，臉紅到我懷疑她頭上會不會冒出蒸氣。

只親手背就露出那種表情，不曉得更進一步時她會有什麼反應？

真想多看些她羞赧的表情——這樣的衝動湧上心頭。

假如我親她的嘴唇會怎麼樣？

我不禁妄想跟克拉莉絲接吻的情境，急忙驅散邪念。

我、我們還沒進展到那樣的關係，別急，艾迪亞特。

唔……在戀愛方面，即使有上輩子的知識也沒用，因為我上輩子嚴重缺乏戀愛經驗。有個女生我有點好感，但我只是透過相親照對她一見鍾情，沒有實際見過面，尚未開始那段戀情，我就因意外而身亡。

我忽然有一瞬間覺得，克拉莉絲跟那張相親照的女孩很像。尤其是堅定的目光。

其實一點都不像，我卻把她們兩個的身影重疊在一起。

我揉揉眼睛，重新望向克拉莉絲。

眼前是擁有一頭紅髮、美麗玫瑰金眸子的克拉莉絲，跟前世的那個人沒有半分相似。

可是不知為何，看到她我就會想到相親照裡的那個人。

◇◆亞諾魯德視角◆◇

我叫亞諾魯德．赫汀。

按照計畫順利分到聚集優秀學生的S班。

令人意外的是，皇兄分到了A班。其實他應該只有B班……不對，是C班等級的實力。

本來以為他八成會跟不上進度，大吃苦頭，我有事要去教職員辦公室時，卻碰巧聽見教職員工的對話。

「你聽說了嗎？那位第一王子殿下答對了托勒曼老師的問題喔。」

「……怎麼可能？魔法史的入學測驗，他連二十分都考不到，托勒曼老師還幹勁十足地宣言要重新指導第一王子。」

「不過聽說第一王子在課堂上，毫不猶豫就回答了托勒曼老師的問題。」

「在春假期間拚命學習了嗎……那還真令人高興。」

他們發現我在場，急忙閉上嘴巴。我假裝沒聽見，將所需文件交給學年主任，離開教職員辦公室。

托勒曼老師完全不會顧及王族的身分。反而會因為學生是王族而故意提出難題，以這一點聞名。

我也不例外，實在不覺得他只會對皇兄手下留情。

表示他應該花了不少時間念魔法史。

不過其他門課呢？希望他不要出糗，丟王室的臉。

「亞諾魯德殿下，下一堂課是魔法的實習課，我們走吧。」

我回到教室，我的同班同學兼護衛，騎士團首屈一指的強者伊凡·史提柯前來提醒我。

跟我同年的他，是母親挑來當我護衛的四位菁英之一。

第四章

反派千金與反派王子共同學習

伊凡是非常用功的人，從沒看過他在做學習劍術、魔法以外的事。何不偶爾休息一下，看點課本以外的書？

我走出教室，另一名護衛艾達．穆拉和伊凡一起跟在我後面。

艾達會在指甲上畫畫、在臉上化妝，土黃色的頭髮有一撮染成紅色，外貌極具特色，中性的標緻臉蛋使他深受男女學生的歡迎。

仰慕我的貴族子弟也緊追在後。

「看……是亞諾魯德殿下和S班的同學。」

「魄力果然與眾不同。」

「殿下身後的那兩位，是四守護士伊凡先生和艾達先生。」

四守護士。

其他人如此稱呼母親派來保護我的四名護衛。

四守護士中，伊凡跟艾達和我一樣是S班。另一位守護士格爾德是二年級生，最後一位是A班的蓋烏．哈里克森。他跟卡堤斯一樣接獲命令，負責監視皇兄避免他搗亂。

我和同學們一起走在中庭，看見皇兄在圖書室窗邊跟一名女學生說話。

連身為弟弟的我，都覺得皇兄是個美男子。看中他的外表及地位，試圖接近他的女性，想必多得數不清。

我想看看對方是怎樣的笨女人，卻在看見她的臉時倒抽一口氣。

她臉頰泛紅，笑容燦爛。

紅髮光澤亮麗，玫瑰金色的眼睛宛如寶石。肌膚雪白通透，嘴唇是淡粉色的。

隔著這麼遠的距離，她的美貌仍然格外突出。

怦通……！

是、是誰？

那女孩是誰？

好漂亮的女生。從來沒看過那麼漂亮的女生。

「哦，是艾迪亞特殿下和克拉莉絲．夏雷特小姐。雖說是政治婚姻，但他們的感情真不錯，值得高興。」

其中一位同學認識那位女學生。

等、等一下。

她是克拉莉絲．夏雷特？

傳聞中傲慢又不受教的千金克拉莉絲？

唔……差、差點被她的臉騙了。可、可是，真沒想到她那麼漂亮。

誰說克拉莉絲是醜女的？審美觀是不是有問題？

原來如此……皇兄是被那張臉吸引的。那我就懂了。

但如果是會害家人感到困擾，任性妄為的女孩，不管她長得有多好看，理應都會失去熱情。

克拉莉絲也一樣，聽說皇兄的傳聞，她的心底應該很不想跟他訂婚才對。

社交界也流傳著雙方都不滿意這樁婚事的謠言……皇兄其實只是想搶走我的未婚妻，克拉莉絲則是勉強屈就於他這個對象。

為什麼他們看起來如此幸福？

而、而且皇兄還吻了未婚妻的手背……她、她就這麼有魅力嗎！

克拉莉絲紅著臉，嬌羞地低下頭，臉上卻帶有淡淡的哀傷。

那憂鬱的美感令我心頭一緊。

一想到是皇兄讓她露出那種表情，就覺得怒火中燒。

我那時怎麼沒去參加茶會啊？

若我乖乖參加那場茶會，那抹笑容，那憂傷的表情，說不定都會屬於我。

不、不對，冷靜點。別被外表騙了。她應該是連家人都管不動的野丫頭。

我的結婚對象另有其人。

擁有純潔心靈的溫柔女子——沒錯，傳說中的聖女才是我的伴侶。

聖女的力量對這個國家來說，是重要的國力。因此歷代國王大多會娶聖女為妻。

女神朱莉的神諭，會選擇未婚女子作為聖女。

前任聖女在數百年前去世。

十七年前，前任神官長接獲神諭，得知新任聖女降生於世，傳達新任聖女的特徵後嚥下最後一口氣。

『手腕上有玫瑰胎記的少女就是聖女。』

神殿一直在尋找聖女的下落，然而線索只有手腕上的胎記，花了一段時間才找到。

今年好像終於找到聖女了。聽說神官已經保護好聖女，卻沒宣布聖女的身分。連王族都無法干預神殿的內情，因此我也不知道。

雖然不知道聖女是誰，不過既然獲選為聖女，肯定是聰明純潔的女子。

沒錯，我的未婚妻的最有力人選是聖女。不可能是其他女性。

……克拉莉絲的笑容卻烙印在眼底，揮之不去。

第五章 反派角色與敵對角色打好關係

◇◆克拉莉絲視角◆◇

我是克拉莉絲．夏雷特。

正因為心臟跳得太快，完全聽不進上課內容。

數學是我上輩子的擅長科目，我又事先預習過，所以影響不大，可、可是這樣真的不行啦啦啦。

艾迪亞特先生的微笑，還、還有吻……碰到手背的柔軟嘴唇。

一直在腦中徘徊不去！

我提心吊膽地望向旁邊的艾迪亞特先生。

嗚嗚嗚，側臉也好美。做筆記的認真表情也好帥。

如果他是個無藥可救的笨蛋，長得再好看我都不會這麼心動。

艾迪亞特先生是個認真向學的人，主動找人拜師，努力鍛鍊魔法，收集跟魔法有關的資訊。

其他課程他似乎也有仔細預習過，連壞心眼老師的問題都能流暢回答。

本以為看不起艾迪亞特先生的人應該挺會念書的，結果他們根本答不出老師的問題。

「多學學殿下吧。」

看到那些人被罵，我心想「活該啦」……不對，是「諸位是罪有應得」。

總之艾迪亞特先生不僅不笨，還冰雪聰明。而且以這個年齡而言挺老成的，跟擁有二十歲後半記憶的我特別聊得來。

可以的話我想一直和他維持良好的關係，共度每一刻……在我為飄飄然的心情感到緊張時。

教室的拉門開了，一名女學生踏進其中。

「非常抱歉遲到了。我是索妮雅．凱利。」

她的聲音傳遍教室。

女學生的制服基本上是襯衫搭領結，外面加一件外套，下半身搭裙子，她卻是穿長褲，腰間配著一把劍。

加入騎士團的女生，原來是那種打扮。

剪齊的冰藍色長髮綁成一束馬尾。相貌端正，深藍色的眼睛卻目光銳利。感覺是個性格剛強，非常不服輸的人。

「騎士團的晨練拖到時間了嗎？坐下吧。」

索妮雅點了點頭，坐到我前面的座位。坐下時，她把左手拿著的書包換成用右手拿，掛在桌子旁邊，這時她反射性用左手按住右肩。

她肩膀不舒服嗎？

是說我好像在哪聽過索妮雅這名字。

索妮雅……索妮雅……啊！

是原作中的女騎士。

索妮雅．凱利。

砍中壞女人克拉莉絲的肩膀，對她造成重創。儘管她馬上就遭受反擊，身負重傷，但她的活躍令克拉莉絲無法隨心所欲使用魔法。

在此之前，索妮雅只是個默默無聞的騎士，經由這起事件頓時變成有名人。戰爭結束後，她宣誓效忠聖女米蜜莉雅。

——等等。

將來搞不好會拿劍砍我的人，就在我面前？

好好好好好恐怖。

真想立刻躲到桌子底下。可是萬一我真的躲到桌子底下，大家會覺得我是怪胎。

我偷偷做了好幾次深呼吸。

冷靜點。我還沒變成壞女人，也不是率領魔物大軍的魔女。

她沒理由砍我。

而且如果想走不同於原作的路線，跟索妮雅・凱利當朋友或許也不失為一個辦法。

樂觀之時，我發現索妮雅在用左手摩擦右肩。

肩膀還會痛嗎？她看起來很難受，大概是相當痛。

「不好意思。」

我小聲說道，把手放在索妮雅的右肩上，然後詠唱治癒魔法的咒文。

淡紫色白光籠罩索妮雅的肩膀。受了點撞傷。傷勢不重，一下就治好了。

原作中，克拉莉絲的肩膀被索妮雅砍傷，現實世界的我卻在治療索妮雅的肩膀。

真是神奇的緣分。

她以後說不定會變成我的敵人……但我不能置之不理。

索妮雅驚訝地回過頭，我輕輕點頭致意，收回放在她肩上的手，裝作若無其事，開始做筆記。

她好像想立刻跟我道謝。由於還在上課，她撕掉筆記本的一小角，寫下訊息不動聲色地交給我。

謝謝妳。

託妳的福，我的肩膀好多了。

下課後請讓我正式向妳致謝。　　索妮雅・凱利

紙條上還畫著一隻像熊的可愛動物。

我推測索妮雅其實喜歡可愛的東西，跟那英氣十足的外表形成反差。

撕下筆記的一角傳紙條……上輩子我還是學生的時候，也會在課堂上跟朋友傳紙條。

我感到些許懷念，誠心慶幸有治好她的肩膀。

下課時間——

「不知道妳是侯爵千金克拉莉絲小姐，傳了這種紙條，真的萬分抱歉。」

——比起騎士，更像武士。

索妮雅・凱利跪在我面前，用平穩的語調道歉。

她說她無論如何都想馬上跟我道歉，想寫下感謝的訊息傳給我，手邊卻沒有信紙，只好從筆記上撕下一小片碎紙。

我急忙揮動雙手。

「沒關係，妳的誠意傳達到了，我非常高興。肩膀真的沒事了嗎？」

「練習時我太過大意，不小心被對手擊中，傷到肩膀，拜妳所賜，現在完全不痛了，彷彿完全沒受過傷。」

「那就好……」

我鬆了口氣。

我和索妮雅不知不覺成為眾所矚目的焦點。

「跟傳聞判若兩人。」

「我聽說她會把下級貴族當垃圾對待……居然幫忙治好了肩傷？」

「咦？難道克拉莉絲女士其實是好人？」

好啦好啦，至少不是任性妄為，會看不起地位比自己低的人的驕傲鬼。

「她肯定有什麼企圖。」

下達定論的，是每次都帶頭說我壞話的女學生。

當沒聽見吧。其他人也沒有要附和她的跡象。

「索妮雅小姐，要不要看上一堂課的筆記？有需要的話，上課內容我也可以告訴妳。」

「不會占用妳的時間嗎？」

「我也剛好想複習一下。」

我從抽屜裡拿出魔法史筆記時，教室再度一陣騷動。一位女學生往這邊走來。

「黛西公爵千金這麼高貴的人，豈能跟那種壞女人扯上關係！」

擋在她面前的是剛才那個說我壞話的女學生，黛西卻一語不發，笑了笑從她面前經過，走向我們。

白金色頭髮剪成蓬鬆的鮑伯頭，銀框眼鏡底下是橙色的眼睛。

是個臉型圓潤的娃娃臉美少女，惹人憐愛，給我一種親切感。

她拿著筆記走到我面前。

「初次見面。我是克羅諾姆公爵的長女，黛西．克羅諾姆。」

克羅諾姆公爵家是跟王家關係密切的家族，當家應該是宰相。意即……她是那位宰相的女兒。

記得梅里雅王妃殿下跟克羅諾姆公爵是表兄妹，黛西小姐就是艾迪亞特先生的表親嘍？

這個國家的宰相奧利弗．克羅諾姆公爵，以不會對敵人手下留情聞名，人稱鋼鐵宰相。

更有名的是他極度溺愛女兒。其實在王室指定我為未婚妻人選前，這女孩先被選為亞諾魯德殿下的未婚妻人選，克羅諾姆公爵卻堅決反對。

理由是：「就算是王子，也不能把我可愛的女兒交出去。」

王子都不行了，其他貴族大概連考慮都不用考慮。

這也是我能贏過公爵家千金，成為亞諾魯德殿下最有力的未婚妻人選的原因之一。

黛西．克羅諾姆在原作是憑藉父親傳承給她的智謀，在與魔族交戰時輔佐王室的女性。

真想不到她不是S班而是A班。

黛西盯著我的眼睛詢問：

「我有個魔法史的問題想請教，克拉莉絲小姐聽過庫羅多．馮斯這號人物嗎？」

「沒有，因為我也沒看報紙。」

「我自認報紙的每一行字都看過了，卻不知道庫羅多．馮斯是誰。到底是何年何月的報紙的內容？」

「啊，那則報導好像是刊在給魔法師看的報紙『魔導新聞』上，而不是一般的報紙。我也是聽艾迪亞特先生說過才知道。」

「哎呀，原來是這樣。以後還得記得看魔導新聞。」

黛西雀躍地做筆記。跟原作的設定一樣，是用功的女孩。

「謝謝妳，克拉莉絲小姐。如果我還有不懂的事，可以再來問妳嗎？」

「當然可以。我有疑問的時候，應該也會去向妳請教。啊，對了。我正想告訴索妮雅小姐魔法史課教了些什麼，黛西小姐要不要也一起？」

「請務必讓我加入，這樣我還能順便複習！」

之後，我跟黛西一起拿魔法史的筆記給索妮雅看，說明上課內容。

看到課本上沒出現過的人名，索妮雅目瞪口呆。我建議她最好看一下魔法書和魔導新聞。

黛西．克羅諾姆。

索妮雅．凱利。

在原作裡面雖然是配角，卻是在危機時刻拯救國家的重要角色。

她們都很聰明，沒有被負面傳聞欺騙，願意瞭解我的為人。

如果不想踏上跟原作一樣的道路，跟登場人物保持距離或許比較好，不過事到如今也來不及了。親近說不定會變成敵人的角色，也是一種做法。

都分到同班了，想躲也躲不掉。既然如此，不如努力和她們打好關係。

從這一天起，我和黛西、索妮雅便成了好朋友，在校內經常共同行動。

◇◆◇

「蘇珊小姐，我用妳之前送的蘋果做了蘋果派。請用。」

「您……您親手做的嗎！」

我借薇涅家的廚房做了幾個手掌大小的蘋果派，送給住宿生蘇珊，作為她之前送我蘋果的謝禮。

她非常開心，我也很有成就感。

數日後——

以蘇珊為首，吃過蘋果派的住宿生們一同來到我的房間，想請我教她們做法。

我屈服於她們的熱情之下，緊急借來宿舍的廚房上烹飪課。

「哎呀！粉慢慢變得跟黏土一樣。」

「它真的會變成派皮嗎？」

啊……平常文靜典雅的貴族千金，跟小孩一樣兩眼發光。

看到那種眼神，我深深體會到從教人一事上找到生存意義的老師的心情。薇涅跟喬治搞不好也是這樣覺得。

對於從未進過廚房的她們來說，大家一起做菜似乎比想像中更愉快，我們甚至決定定期舉辦烹飪課。

我也為她們製作了附插圖的蘋果派、肉派、鹹派的食譜，樂在其中。

以烹飪課為契機，我和住宿生的距離急遽拉近。

學姊因為聽說過社交界的傳聞，對我抱持強烈的戒心，但我當然沒有任性妄為，也從未引起事端。

不僅如此，烹飪課大受好評，連學姊都跑來參加。

社交界謠傳我是個性格差勁的女人，同時也流傳著我被繼母虐待的謠言，看到我平日的生活態度，宿舍裡的人開始認為後者才是正確的。

反而是其他貴族千金會抱怨房間太小、床太硬、門限太早。

聽說只有極少數的住宿生有辦法適應宿舍生活。

宿舍不像家裡一樣，有願意供自己使喚的傭人，也沒有主廚會準備合口味的餐點。

雖說是單人房，但不習慣半集團生活的千金小姐，好像會搬出宿舍從家裡上學。留在宿舍的人大多出身遙遠地區，或者本來就過著跟平民沒兩樣的生活。

對我而言家裡反而是地獄，這裡儼然是天堂。

沒有囉嗦的傭人，也沒有不時會跑來炫耀一些莫名其妙的事，打擾我念書的妹妹，可以專心學習，我真的萬分感謝。

我因此在期中考名列前茅。

這個世界跟前世一樣，走廊的牆壁上會貼出寫著名次及姓名的成績單，表揚成績優秀的學生。

我是全年級第三名。其實魔法史考的不只魔法的歷史，還會要學生詳細說明術式，難度太高，我沒什麼自信，但我還是考到了前五名，成績挺不錯的。

「克拉莉絲女士應該要分到S班的傳聞，原來是真的。」

「魔法她好像也挺擅長的。聽說治療魔法已經比老師還厲害。」

「她真的是因為要配合艾迪亞特殿下的入學考成績，才被分進A班嗎……好可憐。」

不，一點都不可憐。

遇到氣味相投的朋友，我反而慶幸分到了A班。

而且跟艾迪亞特先生相處的日子也很愉快。

看到站在旁邊的艾迪亞特先生的側臉，我獨自臉紅。

「不愧是克拉莉絲小姐！下次我不會輸的。」

黛西是我的好朋友，同時也是學業方面的好敵手。這次的期中考我是全年級第三名，黛西是第四名。差距只有一分，她非常不甘心的樣子。

「多虧有兩位教我，我也考進前十名了。」

索妮雅也開心地抬頭看著成績單。

我、黛西、索妮雅相視而笑。

至於全年級的第一和第二名，艾迪亞特先生跟亞諾魯德殿下同分，所以他們同時名列第一。第二名從缺。

「真的假的……那個（笨蛋）王子居然第一名。」

「他用了什麼手段？」

「我猜是偷看了克拉莉絲女士的答案。」

對艾迪亞特先生心懷惡意的學生不敢置信，口無遮攔。

呃，如果他真的作弊，成績怎麼會比我好？

至少艾迪亞特先生答出了我不會的問題。老師沒有出半題選擇題，不是能靠運氣得分的考試。就算我這樣說，他們也不會相信吧。

「請您不要放在心上。那些人沒看過艾迪亞特殿下上課的態度，才講得出那種話。A班絕大多數的同學都明白那是您的實力。」

黛西開口鼓勵他。

除了少數像卡堤斯那樣的例外，A班的學生大多對艾迪亞特先生另眼相看，沒什麼好在意的。

「嗯——該多放一些水嗎？」

艾迪亞特先生在旁邊咕噥道，我心裡一驚。

他不希望自己太引人注目的樣子。都故意答錯，以免分數太高了，還是不小心考到第一名。

這次的考試非常難，大家的平均分數應該都偏低。我也有好幾題不會的問題。

可是只要艾迪亞特先生有那個意願，他是不是可以通通答對？

「是不是該留一半答錯……可是五十分有損我的自尊……」

——他在自言自語。

想拿一百分就拿得到，為何故意放水？

現在旁邊有其他人，我不方便問他，等四下無人的時候再問好了。

這時，我和艾迪亞特先生目光相交。他笑咪咪地對我說：

「拜妳所賜，考到了好成績。看到妳那麼用功，我也想努力看看。」

「艾、艾迪亞特先生！」

我睜大眼睛，艾迪亞特先生輕吻我的手背。

「真的謝謝妳。因為有你這個未婚妻，我才能這麼努力。今後我也會繼續為妳精進自我。」

怎、怎麼變成是因為我的關係，讓艾迪亞特先生成績變好了？

就算沒遇見我，你原本就是用功的人吧！

聽見這段對話，周圍的女學生兩眼發光。

「哎呀，原來艾迪亞特殿下是為了克拉莉絲小姐才努力念書。」

「我懂。有克拉莉絲小姐這麼優秀的未婚妻，自然會想提升自己。」

「我也想跟克拉莉絲小姐多加學習。」

女學生對我投以崇拜的眼神，男學生對艾迪亞特先生投以羨慕的眼神。

「艾迪亞特殿下有一位好未婚妻呢。」

「說她是壞女人的傳聞，看來是騙人的。」

「竟然能讓艾迪亞特殿下變得那麼用功……克拉莉絲女士是未婚妻的楷模。」

大、大家好像把我捧太高了。

我也不想引人注目呀！

我反射性抬眼瞪向艾迪亞特先生。

他大概是覺得不好意思，在我耳邊低聲說道：

「抱歉……等等請妳吃好吃的蛋糕。」

即、即使你用那種美聲提出甜美的誘惑，也騙不過我！

即、即使你把臉靠得那麼近，也、也騙不過我！

為……為什麼他帥得這麼犯規？還用親人小狗般的眼神凝視我，我差點覺得乾脆原諒他算了。

「要一整個喔？」

「妳吃得下那麼多？」

「我要帶回宿舍，跟大家分著吃！」

「那買一個給妳帶回去，再買我們要一起吃的蛋糕就行了。」

「……」

一、一起吃……那不就是約會嗎？

好燙……我的臉燒起來了。

結果，我受不了艾迪亞特先生的臉靠得那麼近，只得點頭同意。

——我可能喜歡上他了。

艾迪亞特先生說不定總有一天會愛上聖女。

不能抱有期待。

我不是在前世吃過苦頭了嗎？怎麼就學不乖呢！

也許我再怎麼抵抗，最後都會演變成跟原作一樣的走向。

所以我才一直告訴自己不要期待。可是我太高興了，無法抑制胸口的悸動。

◇◆◇

我交到索妮雅和黛西這兩位朋友，艾迪亞特先生似乎也在積極跟同學交流。

小說裡的艾迪亞特．赫汀經常看不起同學，現實中的艾迪亞特先生卻截然不同。

「威斯特．貝爾蒙德，有空的話，可以陪我過幾招嗎？」

他跟班上的男學生搭話時，我大吃一驚。

威斯特．貝爾蒙德。

身高一百八十公分以上。男生的平均身高是一百七，所以他屬於比較高的人。棕髮棕眼。相貌端正，給人有點嚴肅的印象。

小說裡面，他是僅憑一己之力滅掉半數魔物大軍的人。但他的身分是騎士爵，就算擁有爵位，也不會被當成貴族的一員看待。

威斯特家雖然是平民家庭，但他的父親獲封騎士爵，所以他有資格進學校念書。將來他會作為騎士侍奉王族或貴族，需要學習禮節，因此平民也能進入貴族的學校就讀。

然而，騎士爵會被其他貴族看不起，除非有特別輝煌的戰績。

按照原作的劇情，艾迪亞特先生怎麼樣都不可能主動找他說話。

威斯特只有跟身兼師父的父親學過劍術，加入騎士團後因為身分卑微而受到輕視，沒人知道他的實力。

教室裡一陣騷動。

騎士團首屈一指的強者，以亞諾魯德的四守護士之名聞名的蓋烏．哈里克森也在班上，艾迪亞特先生卻無視他，跑去找沒有任何功績的騎士爵的兒子。

「那種庶民是能有多厲害……」

蓋烏．哈里克森咬牙切齒地碎碎念。

他肯定以為艾迪亞特先生會第一個找他。不過，假如艾迪亞特先生真的去找他，誓言對亞諾魯德殿下效忠的他，也會興高采烈地拒絕吧。小說裡面就有這樣一段劇情。

儘管如此，被身分卑微的無名騎士搶先一步，他八成相當不甘心。

威斯特指著自己，臉上寫著：「我真的有這個資格嗎？」

「我想和你過招。若你方便就麻煩你了。」

「怎麼會不方便……這是我的榮幸！」

威斯特紅著臉激動地說。

兩人一同來到校內的中庭。

中庭是有著青翠草地的休息處。

學生會在那裡做扔球、跑步之類的運動，或是躺在地上，各自消磨時間。

兩人走到附近沒有人的地方，面對彼此。

兩把劍劇烈碰撞。

他們都從正面砍向對方。

劍與劍互相推擠。過了一段時間，他們大概是判斷這樣下去沒完沒了，躍向後方暫時拉開距離。

艾迪亞特先生連續揮砍，威斯特迅速擋掉那些攻擊。

儘管我對劍術一竅不通，卻覺得眼前的景象精彩萬分。

不知何時，其他同學也從教室的窗戶探出頭觀戰。

「你挺行的嘛，威斯特．貝爾蒙德？」

「殿下也是，看不出您這麼厲害。」

聽見同班同學承認了艾迪亞特先生的實力，好高興。

四守護士蓋烏則擺著一張臭臉。

那麼不爽的話，何必看他們對練？去看你發誓效忠的亞諾魯德殿下的臉啦。

從這一天起，艾迪亞特先生跟威斯特午休時間都會一起練劍，觀眾也與日俱增。

◇◆◇

「克拉莉絲小姐，這是我烤的餅乾。不嫌棄的話請吃吃看。」

「克拉莉絲小姐，這是我做的包包，不嫌棄的話請收下。」

「克拉莉絲小姐，這是我家庭院種的（稀有）藥草，不嫌棄的話請拿去用。」

入學後兩個月——

最近同學開始會找我聊天了。

也經常收到謝禮。

這都是小小的貼心之舉累積而成的，例如幫中暑的同學師施展治癒魔法、幫助被不良貴族子弟纏上的千金、做藥膏給為膚質變差所苦的千金，有種變成稻草富翁的感覺。

或許是我一直做善事的關係，我在宿舍跟班上都交到朋友，感情特別好的是女騎士索妮雅，以及公爵千金黛西。

真沒想到我會跟原作中理應要與克拉莉絲為敵的角色，成為最好的朋友。

戴眼鏡的黛西如外表所示，是個用功的女孩。光看知識量的話，她分到S班也不奇怪，可是S班的人不僅要文武雙全，還得擁有高超的魔法技術。

黛西似乎是因為不擅長用魔法才掉到A班的。

我本來是S班，私下詢問班導後得知，學校希望我教艾迪亞特先生念書，便把我分進A班。

艾迪亞特先生入學考的成績好像非常差。不過，王族總不能連B班的程度都不到，校方只好把他分進A班。

把教育王子的責任全丟給未婚妻是怎樣？我雖然這樣想，但艾迪亞特先生現在非常會念書，根本不用我幫忙。

艾迪亞特先生是入學考的時候身體不舒服嗎？我前世也曾經在考英文時肚子痛，成績爛到不行。

我跟黛西和索妮雅一起坐在教室的窗邊，吃同學送的餅乾。

「啊，今天殿下也在跟威斯特練劍。」

「索妮雅小姐，妳認識他呀？」

用名字稱呼男性，而且還不加敬稱，表示兩人關係相當親密。

索妮雅略顯害羞地用手指搔著臉頰，為我說明：

「我們是住在附近的青梅竹馬。我的劍術是跟威斯特的父親學的，所以我們同時也是師兄妹。」

哦，意想不到的人際關係。小說有提到這件事嗎？

艾迪亞特先生跟威斯特練劍，也是原作沒有的劇情。

這個世界的登場人物雖然跟小說一樣，卻有按照劇情進展的部分跟除此之外的部分。

仔細一想，小說的女主角應該也入學了，至今以來，我只顧著過好自己的校園生活，沒注意那麼多。

按照劇情進展，照理說她早該觸發遇到艾迪亞特先生的事件，艾迪亞特先生對我卻是一如往常地溫柔，沒有對女主角一見鍾情、心不在焉。

下一堂課的預備鈴響了，艾迪亞特先生和威斯特總算停止訓練。

啊啊啊……艾迪亞特先生用毛巾擦汗的樣子有夠帥。

他們倆聊著天走回校舍。

這時，一名女學生從對面跑過來，撞上艾迪亞特先生。

我瞪大眼睛。

從背影看來，是個纖細可愛的女生。儘管看不見正面，不過那頭粉紅色的捲髮，正是女主角的特徵。

難道她就是米蜜莉雅．波爾特魯？

驚訝的不只有我。索妮雅和黛西也目瞪口呆。

那位粉色頭髮的女學生，光看背影都看得出八成是楚楚可憐的少女，她卻做出與外表極不相襯的行為。

她如同野豬似的，衝向艾迪亞特先生。預備鈴都響了還往跟校舍相反的方向跑，也很不自然。

她很著急嗎……但就我看來，感覺像是故意撞人的。

「那、那個女生……是故意的吧？」

黛西臉頰抽搐。

「我也認為她是有意為之。」

索妮雅用異樣的眼神看著女學生的背影。

她們果然也覺得是故意的。

艾迪亞特先生伸手拉起撞到他，摔倒在地的粉髮女學生。

「……！」

此時此刻，原作的那一幕化為現實。

趕路的米蜜莉雅撞到艾迪亞特的那一幕。艾迪亞特本想對撞到自己的女學生怒吼，卻被她的美貌奪去目光，講不出話。

然後對米蜜莉雅一見鍾情。

我的胸口隱隱作痛。

「竟敢故意去撞艾迪亞特殿下，她是什麼意思？」

黛西忿忿不平地抱怨。

「可能有什麼急事。最好不要斷定她是故意的。」

我故作平靜，試著這樣回答，索妮雅卻搖搖頭。

「預備鈴都響了，還往反方向跑，太不自然了。」

「呃、呃，搞不好是東西忘在家裡，想跑回去拿？」

「那裡跟校門也是反方向！她是刻意去撞艾迪亞特殿下，想跟他接觸吧！」

「企圖接近王子的女性非常多。」

黛西勃然大怒。索妮雅眉頭緊皺。

和原作不同，兩人對女主角的印象差到了極點。

我不否認確實挺不自然的，不過假如這個世界會按照原作的劇情發展，稍微強硬點的事件也有可能發生。

「克拉莉絲小姐，妳再這麼悠哉，艾迪亞特殿下說不定會被搶走喔？」

聽見索妮雅這句話，黛西也點頭贊同。

謝、謝謝妳們願意為我擔心。

雖然我有料到艾迪亞特先生會對米蜜莉雅一見鍾情，但她們的關心還是令我感動不已。

即使已經做好覺悟，被甩終究是件傷心事。

「……萬一我被悔婚，妳們會幫我打氣嗎？」

「怎、怎麼講這種不吉利的話！」

索妮雅睜大眼睛。

「妳不能這麼懦弱！那麼深愛妳的殿下，哪可能輕易變心？」

黛西握緊拳頭，激動不已。

嗚嗚——謝謝妳們。

然而，沒人知道人生會發生什麼事，因為上輩子我都快結婚了，卻突然遭到男友的背叛。

對了，要是被甩，來一趟傷心之旅吧。反正家裡看我派不上用場，也會把我趕出去。先在薇涅家叨擾一段時間，為旅行做準備。

黑暗的未來預想圖於腦中打轉。就在這時，艾迪亞特先生跟威斯特回到教室。

對女主角一見鍾情的他，肯定處於出神狀態。小說裡就有描述他心不在焉的。

害怕歸害怕，我仍然望向艾迪亞特先生的臉確認。

……咦？

他的表情跟平常一樣淡定。

不過一跟我四目相交，他就面帶愁容走過來。

「怎麼了？克拉莉絲，妳臉色好差。」

艾迪亞特先生不僅沒有心不在焉，還輕輕把手放在我的額頭上，關心我的身體狀況。

他真的好溫柔。但我不能依賴他的溫柔。

萬一他對女主角一見鍾情，我得推他一把。

「艾、艾迪亞特先生，剛才您跟一個女學生撞上了，沒事吧？」

「嗯，沒事。我和她都沒受傷。」

「對、對方是怎樣的人？」

「嗯——妳問我的話，目前我只覺得她是極度沒禮貌的女人。」

看到艾迪亞特先生一臉不悅，我感到錯愕。

咦？他沒有一見鍾情嗎？

他又嘆了口氣補充道：

「故意跑來撞我，還沒跟我道歉，只是一直盯著我，還叫我名字跟我裝熟……噢，和妳妹很像。」

——咦？

他、他的臉好臭。

故意去撞艾迪亞特先生，還用名字稱呼初次見面的王族，確實是娜塔莉會做的事。

可、可是小說裡用天真爛漫形容米蜜莉雅，她又有天然呆的一面，很可能對任何人都這麼友善。沒想到這會招致艾迪亞特先生的反感。

仔細一想，現在的他跟原作判若兩人。

做事不會不經大腦，也不會對別人說的壞話過度敏感。個性就不一樣了，會對米蜜莉雅產生不同的印象也很正常。

跟原作截然不同的發展令我困惑不已，愣在原地。

幸好艾迪亞特先生沒有對米蜜莉雅一見鍾情。

我暫時放心了，但他還是有可能因為某個契機愛上她。男人好像比較容易對需要人照顧的女生有興趣。

上輩子的前男友就是這樣。我不能期待。

否則又會嘗到那種辛酸的滋味……

「不、不過，她滿可愛的吧？那、那個……您跟我的婚約只是王室決定的，若您有喜歡的人，我會乾脆地退出。所以改變心意的時候，請您告訴我。」

「說什麼傻話？而且跟妳訂婚不是王室決定的，是我決定的。」

「艾、艾迪亞特先生……」

艾迪亞特先生突然抱緊我。

這、這裡是教室耶！

他用不會被其他人聽見的音量，在我耳邊輕聲呢喃。聲音跟聲優一樣悅耳。

「我會一輩子珍惜妳。」

「艾……艾迪亞特先生。」

「發生什麼事都別擔心，因為我每天都越來越愛妳。」

朱、朱莉神啊，我在作夢嗎？幸福得快哭了。

這個世界跟原作不同……不是他人筆下的世界，是靠自身的意志開闢的世界。

儘管我心中依然存在一抹不安，但現在我想相信艾迪亞特先生說的話。

「艾迪亞特先生，謝謝您。我也愛慕著您。」

我摟住艾迪亞特先生，老實傳達此刻的想法。

艾迪亞特先生聽了，臉上綻放笑容，將我抱得更緊。

有兩個人在拍手祝福我們，是黛西和索妮雅。其他同學也跟著開始鼓掌。
好難為情。可是溫暖的心情及幸福的心情參雜在一起，使我熱淚盈眶。

◇◆米蜜莉雅視角◆◇

我叫米蜜莉雅．波爾特魯。
前世叫中邊美子。出生於普通的上班族家庭。
雙親及兄長都相貌平平，只有我像突變種似的特別可愛。
大家都異口同聲地誇我可愛。兩位哥哥甚至會為我起爭執。
在學校也經常有男生跟我告白，導致我受到部分女性的嫉妒。
我被欺負時，必定會有男生挺身保護我，老師也站在我這邊，所以可愛的臉蛋沒有帶給我任何困擾。
上天特地讓我長得比別人可愛，我不想度過平凡的人生。
只有演藝圈能善用這張臉！想認識帥氣的演員或有趣的搞笑藝人。
最後跟大帥哥社長結婚！
我懷著這個夢想，報名了選秀會。

然而，現實可沒那麼簡單。

書面審查那關就把我刷掉了，連站到選秀舞台上的機會都沒有。

我在雜誌上看到那些脫穎而出的女生，一堆跟我同樣可愛的人。

我的身材沒有好到能當模特兒。也沒有能在綜藝節目上發光發熱的獨特個性。

朋友不忍心看我因為落選而灰心喪志，推薦我一部小說。

「我現在很迷這部小說，要不要看看？」

「小說？我不太看小說。」

「這是連妳都看得懂的書。」

「什麼叫連我都看得懂！」

「啊哈哈哈，抱歉抱歉。可是看書真的不錯，會讓人覺得談了一場戀愛，經歷一場冒險。看一本書可能會改變一個人的觀念。」

「是喔——」

朋友熱情向我推薦。這孩子是個木訥的爛好人，一直是我身邊的陪襯，卻連這點小事都沒察覺到，好像只要有書看就很幸福了。她完全不會嫉妒我，跟她相處非常自在。

我翻開她遞給我的書，插圖很漂亮。文字也淺顯易懂，讀起來比想像中更流暢。

《命運之愛～平民少女的王妃之路～》。

是主角亞諾魯德王子和女主角庶民少女米蜜莉雅的愛情故事。那位亞諾魯德王子卻還有個貴族千金未婚妻，兩人的戀愛之路十分坎坷。

由於米蜜莉雅太可愛，亞諾魯德同父異母的哥哥艾迪亞特也被她吸引。這個角色帥歸帥，卻是個笨蛋。性格也很差勁。

魔法老師喬治・雷米奧和宰相之子——絕代美男子阿多尼斯也對她有好感。

雖然是小說，劇情倒是跟少女遊戲差不多。假如這是一款遊戲，就能選擇要走誰的路線了。

亞諾魯德和米蜜莉雅跨越各種難關，順利結合。

從平民變成王妃，好棒的故事，跟灰姑娘一樣。男女主角得到幸福，真的太好了。

我也想學習米蜜莉雅，積極樂觀地生活。

可惜命運是殘酷的。

我才剛學會樂觀思考，就被車子撞死。

然後轉生成庶民少女米蜜莉雅。

我居然轉生成了那部小說的女主角。

而且雙親和手足都相貌平平，只有我特別可愛……跟前世的家庭環境如出一轍。

最大的差異是我被選為聖女。

某一天，一群神官來到我家。

尋找擁有玫瑰胎記的未婚女性。

我的手腕天生就有玫瑰形狀的胎記。

前世的記憶恢復前，它是我自卑的源頭，如今卻是我身為女主角的鐵證。

被選為聖女的女性，大多會嫁給王族。

因為王族想將聖女驚人的力量留在手邊。

神官推測我遲早會跟某位王族結婚，建議我成為男爵家的養女。

而我需要學習貴族的禮儀。

我至今以來都是平民，家人擔心我能否適應貴族生活，但我果斷同意成為男爵家的養女。

收養我的男爵夫婦溫柔得令人驚訝。他們已經是老爺爺老奶奶，卻始終懷不上孩子，有了我這個可愛的小孩，他們非常開心。

在原作當中，男爵夫婦也對米蜜莉雅疼愛有加。

尤其是夫人，她特別想要小孩，買了許多漂亮的禮服及寶石給我。

波爾特魯男爵也說之後再去學校學習禮節即可，把我當成親生女兒疼愛。

今年，我進入王立赫汀學園就讀。

班級是B班。目前為止都跟小說的設定一樣。

若想按照原作的劇情走，得先遇見艾迪亞特。他在撞到我的時候對我一見鍾情，就是原作的走向。

沒錯，米蜜莉雅在邂逅命定之人亞諾魯德前，就遇到笨蛋王子艾迪亞特。亞諾魯德在艾迪亞特強行接近她時出手相助，就是男女主角的第一次相遇。接著是在米蜜莉雅被班上的女同學欺負時救了她。

女主角米蜜莉雅，就是在這個過程中逐漸愛上男主角亞諾魯德。

總而言之，我得先按照原作的劇情，去撞艾迪亞特！

我如此心想，可惜那一刻遲遲沒有到來。

上課第一天我差點撞到他，但他明顯有意躲開我。

我們有對上目光，所以我還以為他對我一見鍾情。

他卻對我漠不關心。

事後我才知道，艾迪亞特已經跟那個壞女人克拉莉絲訂婚了。

跟小說的展開截然不同。為什麼跟原作不一樣？

克拉莉絲的未婚夫是亞諾魯德吧！

我問了A班的人，得知亞諾魯德不喜歡克拉莉絲，沒有參加那場介紹他們認識的茶會。到這邊都還是照小說的劇情走，不成問題。

問題在於艾迪亞特藉機跟克拉莉絲訂婚了。因此亞諾魯德和克拉莉絲的婚約，最後並未成立。

……怎麼搞的！反派王子和反派千金幹嘛擅自湊成一對啦？

小說裡面的艾迪亞特說克拉莉絲是「冷漠的女人」，極度厭惡她，也沒有出席茶會。

為何會演變成這種情況？

我不動聲色地觀察過A班的教室，艾迪亞特和克拉莉絲坐在隔壁，親暱地聊著天，從哪個角度看都是幸福的情侶。

而、而且仔細一看……艾迪亞特超帥的。原、原作確實也有提到他唯有長相格外出眾，可是本人比插畫師上好幾十倍耶！

艾迪亞特高興地跟克拉莉絲聊得有說有笑。那抹笑容不該是對克拉莉絲露出的，應該是屬於我的！

不行……這樣下去會偏離原作！

事已至此，只能強行觸發我和艾迪亞特邂逅的事件。

因為艾迪亞特必須對我一見鍾情！

在學校時他都跟克拉莉絲膩在一起，很難逮到機會。某一天，我發現艾迪亞特跟同學在中庭練劍。

好機會！

假裝忘記拿東西，去撞他吧。

他旁邊的騎士雖然很礙事，反正只要讓他看到我的臉，對我一見鍾情即可。

學校的預備鈴響起的瞬間，我衝出校舍撞上艾迪亞特。

按照原作的劇情，他應該會對我一見鍾情。

我有自覺我現在比上輩子漂亮、可愛好幾倍。已經有好幾個同學向我告白，他肯定也會……

「妳故意跑來撞我，究竟有何居心？」

撞上他的我一屁股癱坐在地，驚訝地抬頭。

艾迪亞特冷冷俯視我。

咦……他對我一見鍾情了，對吧？為什麼帶著那麼恐怖的表情看我？

「我還以為是企圖暗殺王子的刺客，差點砍下去。」

旁邊的騎士露出天真的笑容，說出可怕的台詞。

他真的快要把劍拔出來！

艾迪亞特深深嘆息，伸手拉我起來……有種不甘願的感覺，是我想太多嗎？

「那、那個……艾迪亞特先生。」

「殿下。」

「咦？」

「我不記得我們有熟到妳可以用名字叫我。要叫我名字的話，記得加上『殿下』這個敬稱。」

「為、為什麼？『先生』也是敬稱啊？先生和殿下差在哪？」

「用名字稱呼王族時，只有親近的對象能用『先生』當稱謂。除此之外的人稱呼王族時，規定敬稱要使用『殿下』。妳沒學過貴族的禮節嗎？」

「沒學過，而且為什麼我不能叫你先生？我們以後說不定會變熟呀。」

「聽不懂嗎？簡單地說，我不想被妳叫名字裝熟。」

「——！」

等、等一下。

那句台詞不是亞諾魯德對克拉莉絲說的嗎？？？為什麼我要被笨蛋王子說成這樣？

氣死我了——！

算了，反正我又不想吸引笨蛋王子的注意力。

「米蜜莉雅．波爾特魯，別再跟我扯上關係。」

咦……？

艾迪亞特怎麼知道我的名字？啊，難道他事先查過我的資料？

什麼嘛？原來如此。

嘴上那麼冷淡，結果還是很在意我。

想不到艾迪亞特．赫汀是傲嬌。

雖然跟想像中不一樣，但他對我有意思。符合原作的劇情走向，沒問題！

艾迪亞特等於被我攻略了，下次得去觸發跟亞諾魯德的邂逅事件！

啊，在那之前，要先去見我最喜歡的角色喬治。

可是到時就得拜他為師了——嗯……我不要學魔法！超麻煩的。那東西比想像中還難。我有看過魔法書，半個字都看不進去。

之後要遇見的人，不按照原作的順序也沒關係吧。

還是從王道路線著手好了。先從跟亞諾魯德的邂逅事件開始推進劇情。

等等……認識未來會成為宰相的阿多尼斯再說也不遲。

嗯——要選誰呢？好猶豫喔。

◇◆艾迪亞特視角◆◇

我就直說了……

我的未婚妻克拉莉絲．夏雷特超級可愛。

首先，笑容很可愛。

認真念書的模樣也很可愛，歪頭疑惑的模樣也很可愛。

略顯不安地凝視我的眼神，同樣可愛得讓人想緊緊抱住她。

「艾迪亞特先生，請您不要一個人去追魔物，太亂來了。」

「我有點輕敵了。別擔心，只是一點抓傷，放著不管也會痊癒。」

「要好好治療！」

生氣的表情也好可愛。

而且還是在為我生氣，更加惹人憐愛了。

最近，我會跟威斯特一起去王都附近的森林驅逐魔物。

想提升戰鬥力及經驗，最好的辦法就是實戰。不過，我們今天不小心對魔物窮追不捨，遭到反擊。但也只是被貓系魔物輕輕抓到手臂而已。

我若無其事地去上學，克拉莉絲看到我的傷口，馬上用治癒魔法幫我治療。

克拉莉絲的治癒魔法，在魔法師當中堪稱首屈一指。區區抓傷轉眼間就治療得不留一絲痕跡。

她還給了我薇涅親自傳授的高品質回復藥，再疲憊不堪的身體都能恢復精力。

克拉莉絲做的回復藥不僅立即見效，還能提振精神。品質好到跟萬能藥沒兩樣，聽說價格十分昂貴。

看到未婚妻治好我的傷，鬆了口氣，我感到幸福無比。

上輩子過著一帆風順的人生，突然意外身亡時，我還覺得上天不公，但現在甚至慶幸轉生到了這個世界。

前世從未經歷過的跟女生共度的青春時光，充實了我的人生。

真的相信克拉莉絲是壞女人的同學，起初只敢遠遠看著她，後來看到她跟我談笑風生的模樣、認真上課的模樣，以及用治療魔法治好班上的索妮雅的模樣，她對其他學生也很親切的消息便傳了開來，大家慢慢發現那些謠言全是胡謅的。

不知不覺間，同學們開始圍繞在克拉莉絲身邊。

有些人卻板著一張臉旁觀。

我也為了發掘優秀的騎士和魔法師拉攏他們，積極跟同學交流。

學校放長假前，會舉辦大規模的地下城攻略測驗。我決定先以它為中期目標，一面發掘人才，一面尋找攻略地下城的同伴。

「艾迪亞特殿下，您在剛才的實戰課上使出了旋風，請問是怎麼辦到的？」

「噢，要掌握集中魔力的訣竅和時機。判斷風向也很重要。你以後想當魔法師嗎？」

「不……我家代代都是騎士，我本來也打算成為騎士，不過我對魔法同樣滿感興趣的。」

「若你有那個意願，何不以宮廷魔法師為目標學習？我覺得比起騎士，你更適合當魔法師。」

「可是，成為騎士是我家的傳統。」

「如果你的雙親反對，我也來幫你說服他們。我會提供協助，讓你可以盡量專心學習魔法。」

「謝、謝謝殿下！憑我個人的意見可能有難度……您方便的話還請幫幫忙！」

聊著聊著，有些同學開始問我上課內容或學習魔法的訣竅，甚至有人會找我傾訴煩惱、討論未來志向。

然而，S班的學生大多是亞諾魯德的信徒，A班之中也有站在亞諾魯德那一邊的人，因此想要拓展人脈並不簡單。

總之得先把跟我有交情的學生培育成優秀的人才。

A班和文武雙全的S班不同，比較多擅長特定領域的人，只要讓他們將自己擅長的領域鑽研到極致，在畢業的同時就能成為即戰力。

跟剛才和我聊天的學生一樣，引導他們從事自己適合的職業，而非繼承家業也不賴。

為此，我想先經營求職用的人脈。

只要祭出王子的權力，宮廷內的職位應該大多都可以安排，但我還想建立冒險者公會、商人公會、情報販子公會的人脈。

總之，在我身邊召集派得上用場的人才很重要。

卡堤斯姑且算我的隨從，然而下課時間一到，他就會離開教室，不曉得跑到哪去。八成是去跟亞諾魯德報告我的近況。

召集優秀人才固然重要，我自己也得繼續精進。

尤其是能用在實戰上的戰鬥能力。為此，需要找個有助於我提升能力的練習對象。

而我看中的，就是威斯特・貝爾蒙德。

他在小說裡雖然屬於配角，卻是以一己之力讓魔物大軍半毀的猛將。

目前因為他只是平民出身的騎士的兒子，身分卑微，在班上容易被人瞧不起。儘管加入了騎士團，卻遲遲沒有可以讓他發揮實力的地方，導致他得不到承認，無法加入執行部隊。

在騎士團當中，只有受到承認的強者才有資格加入執行部隊，大部分是以被挖角的形式加入。可是就算有實力，沒人推薦或沒人挖角就進不去。

我知道威斯特比任何人都還要強大。總有一天，我想讓他擔任能夠善用他的力量的職位。

貴族家的騎士小少爺感覺就不會願意陪我去剿滅魔物，所以威斯特真的幫了我很大的忙。

打倒的魔物冒險者公會會高價收購，能當成我的零用錢，可謂一石二鳥。

於是，我開始一天到晚跟威斯特共同行動。

◇◆◇

這一天的下課時間，我們也來到中庭對練。

我壓低重心，換了個姿勢，一直緊張兮兮的威斯特，眼神瞬間變得銳利。

小狗轉眼間變身成狼。

威斯特明白我不容小覷，稍有大意就會輸給我，因為我的劍術也有一定的程度。

我拉近距離揮劍，被威斯特擋下。

唔……這傢伙只用一隻右手就接住了。

我用雙手揮劍，他卻用單手輕易抵擋攻擊。話先說在前頭，不是我太弱，是這傢伙力氣大得誇張。

其他騎士都是用雙手承受我的攻擊，理應有一定的威力。既然知道彼此之間存在顯著的力量差距，跟他比力氣並非明智之舉。

我馬上躍向後方，在同時水平揮劍。威斯特當然也向後退去，閃躲攻擊。

我接著連續砍向他，卻通通被閃了開來，有時還會遭到反擊。我急忙用剛揮下的劍抵擋。

光是跟上他的動作就分身乏術。很好。只要練到全程都跟得上他，我的實力應該會大幅提升。

預備鈴在我們專心對練的期間響起，我們便停止練劍。

「謝謝，我獲益良多。」

「過獎了！您不嫌棄的話，我隨時可以奉陪。」

威斯特樂得臉頰泛紅，我也自然而然露出笑容。

真像隻親人的小狗。

每天這樣練習，逐漸開始有人挖角威斯特。

「威斯特同學，請你務必加入我的部隊。」

「最近魔物變多了，人手不足！拜託！來我的部隊吧！」

「以你的實力可以成為即戰力！求你加入第二部隊——」

練習完，回到教室的途中，執行部隊的學生得知威斯特有多厲害，馬上跑來挖角他加入自己的部隊。

我原本就只有劍術受到部分人士的肯定。執行部隊的人看到威斯特能跟我打得不分上下，想必不會放過他。

我刻意選在引人注目的中庭練劍的原因就在於此，我想讓威斯特早點加入執行部隊。加入執行部隊會定期接到討伐魔物的工作，這樣威斯特也能獲得經驗。

我想盡量讓他累積經驗，未來魔物大軍來襲時才能應對。

如我所料，威斯特的風評在學校傳開，也傳到了執行部隊。

只不過，就算看到我和威斯特對練的情況，亞諾魯德的跟班仍舊不肯承認我的實力。尤其是不懂劍術的人，看到我們練劍甚至在一旁嘲笑，說威斯特刻意對我放水。

亞諾魯德本人卻有認同我劍技的跡象。

以前他問過幾次要不要一起訓練，尚未想起前世記憶的我死都不肯接受弟弟的邀約。

這可是提升自身實力的好機會，我以前幹嘛那麼固執？若有機會，換我主動約他吧……
這次搞不好會換成他拒絕我就是了。

◇◆◇

這一天，我同樣打算在上課前驅逐一下魔物，來到王都附近的「寂靜森林」。
森林沒有多大，也不會出現太強的魔物。
我把這當成上學前的暖身操，跟威斯特一同踏進森林。
周圍卻霧氣重重，視野不佳……早知道該把喬治也帶過來。
這時，眼前出現名為殺人兔的兔型魔物。
雖說是兔型，卻非上輩子的兔子那麼可愛的生物。同樣有對長耳，毛是黑色的硬毛，全長還比我們人類大上一圈。
殺人兔以兔子特有的跳躍力襲向我們。
「梅卡・弗雷姆！」
我使出小小的火魔法威嚇牠，兔型魔物光這樣就嚇得掉頭逃跑。
我們本來想去追牠，霧中卻伸出一隻長有利爪的大手抓住殺人兔。
「……！」

我們抬頭一看，霧氣宛如一面螢幕，映出巨大的影子。

赫迪安巨蜥……名字很長，是只會棲息在赫汀王國的巨大蜥蜴，形似上輩子的暴龍。

簡單地說，有隻超大的魔物站在我們面前。

至今以來，從未有過這麼強大的魔物出現在學校附近的「寂靜森林」。

巨大蜥蜴一口吞掉兔子，接著鎖定我們。

抓住兔子的那隻手，這次試圖抓住我們。牠和暴龍的差異在於前腳又長又靈活。

我立刻揮劍砍向牠的前腳。

巨大蜥蜴痛得哀嚎。森林裡的鳥受到驚嚇，同時振翅飛起。

這裡已經不能叫做寂靜森林了。

我和威斯特決定先逃再說。我想盡量跟魔物拉開距離，再用魔法攻擊……呃，那傢伙這麼大隻，為何跑這麼快！牠一面咆哮，一面發出咚咚咚的腳步聲追過來。

在我心想只能邊跑邊唸咒時。

「凱普托・涅特！」

聲音從天而降。

才剛抬起頭，巨大蜥蜴的叫聲便刺入耳中。

緊追在後的腳步聲也戛然而止。

轉頭一看，巨大蜥蜴被狀似蛛網的束縛魔法的絲線捕獲。

魔物掙扎著試圖掙脫的期間，一名男子從空中落下，同時用大劍砍向牠的身體。

被堅固如鎧甲的皮膚覆蓋的身體一分為二……接下來的畫面太噁心，我就不多說了，總之那人一擊打倒了巨大蜥蜴。

站在我們面前的，是後背肌肉發達的男人。他披著繡有交錯的劍與翅膀紋章的披風，大概是騎士。

不，不是一般的騎士。

像威斯特那種一般的騎士，斗篷顏色是藍色，這個人的斗篷則是黑色。紋章也是用金線繡的。

有資格穿那件斗篷的人只有一個。

羅伯特．史坦納。

這個國家的將軍。

年近五十，淡褐色皮膚及銀色頭髮形成強烈的對比。瞳色也是銀色，年輕時被譽為白銀貴公子。然而，他的眼神隨著他的功績變得越來越銳利，體格也變得更加魁梧，導致貴公子成了**鬼**公子。

立於軍事單位最高層的人物，如今就在我面前。

他跪到我面前冷靜地說：

「幸好您沒事，艾迪亞特殿下。」

「嗯、嗯……羅伯特，你怎麼在這裡？」

「我每天早上固定會來這裡散步。」

「…………」

他的語氣十分正經，我的表情卻僵住了。

呃……該不會……

「你該不會在保護我？」

「何出此言？我只是在散步。只不過最近這一帶強大的魔物變多了，才順便巡視一番。」

「……」

根據原作的設定，羅伯特將軍是直到艾迪亞特死前都在關心他的人物。

這次他八成也在偷偷保護我。明明將軍有一堆事要忙。

被說是笨蛋王子，我還以為大家都放棄我了，原來還是有願意真心誠意保護我的人。

「謝謝你，羅伯特。下次要一起在森林散步嗎？」

「可、可是殿下，萬一出現剛才那種魔物……」

「我想變強到能夠親自上戰場作戰。為此，我必須盡量累積經驗。至少得變得像你一樣，能夠一擊打倒這隻巨大的魔物。」

「您為何如此渴望力量？」

「學校不是會舉辦攻略地下城的測驗嗎？就是所謂的準備考試嘍。」

「但貴為王子的您，無須為了變強冒著這麼大的風險……」

羅伯特話還沒說完，就被我搖頭打斷。

「我不能一直只是被人保護。但一開始就挑戰巨大的敵人，確實太莽撞了。我想暫時借助你的力量。」

以迎接最後將有魔物大軍侵襲的未來。

而且小說裡面的羅伯特將軍，會跟黑暗的化身暗黑龍同歸於盡。

羅伯特將軍，為了不讓你喪命，我本人也得變強才行。

……我沒有說出口，不過羅伯特似乎察覺到我有多誠懇了，沒有繼續追問，默默點頭。

他望向威斯特。

「威斯特，貝爾蒙德，我看過你這幾天的表現。」

這位將軍有點天然呆，不小心透漏他一直在暗地保護我。

被將軍叫到名字的瞬間，威斯特就像中了詛咒般全身僵硬，維持立正站好的姿勢。

「以你的實力，應該很快就能在執行部隊中大顯身手。若你有想加入的部隊，我可以幫你寫推薦函。」

「不、不勝感激……將、將軍為何願意為我做到這個地步？」

「你的父親救過我一命。」

威斯特的父親原本只是平民傭兵，由於功績顯赫的關係，王室便封他為騎士爵。而那個功績就是從魔物手下保護了剛當上將軍，年紀輕輕的羅伯特。

原作好像沒寫到那個事件……難道是所謂不為人知的設定？

無論內情如何，只要有羅伯特的推薦函，威斯特肯定能加入執行部隊。

從這一天起，早上的剿滅魔物訓練就多了將軍這位得力助手，我們開始挑戰更加強大的敵人。

即使會伴隨一點風險，但我成功學到與大型魔物交戰的技術。

日後，這個經驗將在地下城測驗時大大派上用場。

◇◆◇

下課時間，我按照慣例跟威斯特練劍時，聽見數人份的腳步聲在接近，因此暫時中斷訓練。

我望向腳步聲的來源，確認來者的身分，是亞諾魯德跟他愉快的同伴。

稱呼那些人是愉快的同伴純屬玩笑，是四守護士伊凡．史提柯和艾達．穆拉。

他們倆是亞諾魯德的護衛兼同學，經常跟他共同行動。亞諾魯德身後還有幾個S班的學生。

卡堤斯也在不遠處。表面上他是我的隨從，所以他待在S班同學的後面。

「皇兄，方便讓我加入嗎？」

「……！」

我之前才希望有機會跟亞諾魯德對練，機會來得比想像中還快。

沒想到亞諾魯德會主動提出這個要求。他之前被我拒絕那麼多次，居然還沒放棄，真是堅定的意志力。

深棕色捲髮，以及跟我一樣的天藍色眼睛。

不愧是男主角。

我自己也挺俊美的，但他有種陽光的氣質，更重要的是長得帥。

難怪我恢復記憶前會自卑。不過，我決定將那些過去一筆勾銷，盡量露出溫柔的笑容，爽快答應。

「嗯，好啊。」

意想不到的反應，令亞諾魯德目瞪口呆。

後面的跟班也一臉難以置信的模樣看著我。

……會有這種反應再正常不過。仔細一想，我從未對弟弟露出笑容。

雖說母親不同，但我們畢竟是兄弟，為了迴避壞結局，我想跟主角維持良好的關係。

如果亞諾魯德按照原作的發展成為國王，希望我能成為輔佐他的存在。

『殿下，請小心。』

『他一定有什麼企圖！』

……可惜應該不會那麼簡單。亞諾魯德的跟班對他竊竊私語，推測是在給予諸如此類的忠告。

亞諾魯德制止那些跟班，望向威斯特。

「我想先跟你過幾招。」

威斯特聞言，顯得有點困惑，轉頭往我這邊看過來。

我點了點頭，默默叫威斯特陪亞諾魯德練劍。

卡堤斯一臉不耐，眉頭緊皺，看著我們交談。

可以理解他會不高興。我和卡堤斯的關係並沒有好到不用開口就能溝通。

不好意思，我不打算跟你這個間諜變成那種關係。

亞諾魯德和威斯特拿起劍對峙。

唔……威斯特真的毫無破綻。若我想先發制人，會煩惱該從何處下手。

亞諾魯德卻果斷從正面進攻。他知道這一劍會被躲掉，打算下回合再乘隙而入吧。

威斯特當然沒有給他那個機會，一擋掉攻擊就立刻砍向他。

亞諾魯德華麗地側身閃開。

不愧是男主角，閃掉攻擊的動作如同在跳舞。一舉一動都那麼美麗。

我從未看過自己使劍的模樣，不方便下評論，不過應該沒有那麼華麗。

「不愧是亞諾魯德殿下！」

卡堤斯大聲讚揚，亞諾魯德的跟班也在為他聲援。

兩位四守護士的反應卻截然不同。

「想不到校內還藏著這樣的強者。」

四守護士之一伊凡見識到威斯特的實力，難掩驚訝。

若要幫這個人取綽號，我會取作嚴謹先生。他定睛觀察威斯特和亞諾魯德的戰鬥，想要從中學習。

艾達也點點頭，露出淘氣的笑容咕噥道：

「那孩子真可愛。好想吃掉他。」

……喂喂喂，大姊，別吃掉人家啊。

艾達．穆拉在原作的設定是擅長槍術的角色，都能成為四守護士了，實力自然高人一等，卻擁有一顆少女心。

現實中的艾達恐怕也跟原作的設定一樣。他彷彿在看一隻小狗，對威斯特投以愛憐的目光。

兩人交鋒了一陣子，威斯特突然瞄向我，詢問該如何為這場練習賽收尾。

嗯——我們還不是主從關係，照你自己的意思做就行了。

然而，附近全是亞諾魯德的信徒……故意輸給他比較不會徒增事端。

我輕輕聳肩，點了點頭。

意思是——讓他贏吧。

威斯特看清我的信號，花了一段時間抵擋亞諾魯德的攻擊，在數次的交鋒內故作自然地放開劍。

在旁人眼中，應該會覺得是亞諾魯德把威斯特的劍打掉。亞諾魯德用劍尖指著威斯特。

「是我輸了。」

威斯特低下頭，跟班們紛紛歡呼……也不知道威斯特是故意輸掉的。

可是，四守護士伊凡和艾達的表情五味雜陳。以他們的實力，想必一眼就看得出威斯特是刻意放水。

伊凡甚至用別人聽不見的音量對旁邊的我說：「感謝您如此貼心。」

伊凡和艾達雖然是亞諾魯德的護衛，但他們從來沒有瞧不起我過。伊凡本來就是正經八百的類型，至於艾達，他深愛美麗的事物，八成是看上我的臉。

亞諾魯德自己恐怕也知道威斯特是故意輸掉的，卻沒有明言。

他露出爽朗的笑容，對威斯特說：

「你好厲害。要不要來當我的護衛？加上你的話，四守護士就得改名為五守護士了。」

聽見亞諾魯德的提議，跟班們一陣騷動。

四守護士是側妃特蕾絲從騎士團中嚴格挑選的年輕騎士。即使是菁英，也未必有那個資格加入，對於仰慕亞諾魯德的騎士來說，是再令人羨慕不過的邀請。

目前亞諾魯德當上王太子的機率比我還要高。

一般的騎士大概會樂於答應。

原作也設定成威斯特會在跟魔族交戰後，發誓效忠亞諾魯德國王。

然而——

「非常抱歉，在下已經有決心效忠的主人。」

出乎意料的是，威斯特馬上回答，令其他人愣在原地。

我同樣沒料到他會毫不遲疑地答覆，嚇了一跳。

在場絕大多數的人，都猜測他會雀躍地接受亞諾魯德的邀請，驚訝之情表露無遺。

「……這樣啊。如果你改變心意，隨時可以來找我。」

亞諾魯德露出一抹哀傷的微笑……兩手卻緊緊握拳。

應該是沒想到會被拒絕吧。

「愚蠢的傢伙。」

包含卡堤斯在內，亞諾魯德的跟班紛紛嘲笑威斯特。

然而威斯特毫不在意，走到我身邊。

「快上課了，我們回去吧。」

他直盯著我的眼睛。

神奇的是，用不著言語，我也知道他想表達的意思。

我認定的主人是您。

明明答應亞諾魯德的邀約，可以提升飛黃騰達的機率。

但他還是願意選擇我，我非常高興。

我巧妙地掩飾喜悅，盡可能裝出冷靜的表情，跟威斯特一起走回教室。

我不經意地望向校舍，克拉莉絲她們從教室的窗戶看著這邊，神色不安。

我對她們揮手，一副什麼事都沒發生的樣子。

啊，我的未婚妻真的好可愛。

在我差點忍不住揚起嘴角時，忽然感覺到銳利的視線，轉頭一看。

……咦……亞諾魯德在瞪我？？

我、我做了什麼嗎？

威斯特拒絕他，他氣成這樣啊？

那是威斯特自己決定的事，恨我也沒用。再說，威斯特尚未宣布他選擇的主人是我。

亞諾魯德和我四目相交，馬上假裝若無其事，跟身邊的跟班聊起天來。

到底怎麼了？

第六章　反派角色謳歌青春

◇◆克拉莉絲視角◆◇

我叫克拉莉絲．夏雷特。

某部小說的登場人物，身分是反派千金。

嫉妒跟自己的未婚夫成為一對的女主角，動不動就找女主角的碴，最後還盯上她的性命。

現實卻差了十萬八千里。

在原作當中，克拉莉絲是跟男主角亞諾魯德殿下訂婚。

現實世界的我則是和亞諾魯德殿下的異母哥哥艾迪亞特先生訂婚。

而且——

「克拉莉絲，改天要不要一起去美術館？」

「咦……艾迪亞特先生！」

我隨意地看著校內的美術室展覽的畫作，艾迪亞特先生從後面抱住我。

第六章

反派角色謳歌青春

從、從背後被抱住……很久以前我曾經妄想過這種情境，想不到會有成真的一天。
回過頭，艾迪亞特先生用熱情如火的眼神凝視我。
再遲鈍的女人八成都會發現，過於炙熱的眼神。
季節是夏天。
是氣溫比往年還高的酷暑導致的嗎？
艾迪亞特先生在跟我目光交會時，默默把臉湊近。
……啊，他要吻我了。
這裡是學校耶。
可是美術室裡沒有其他人，也沒人從窗戶偷看對吧？
然而，在我們即將雙唇重疊的瞬間，我聽見往美術室接近的腳步聲。
艾迪亞特先生回過神，急忙將湊過來的臉挪開。
嚇、嚇我一跳。還以為他會直接親下去。
就算是婚約對象，在校內接吻可不行。
除了我們，還有其他學生跟貴族訂婚。有些情侶親密得像一對如膠似漆的戀人，但他們再怎麼樣都不會在校內接吻。
不過說不定有人會跑到四下無人的地方偷親……如果在校外，是不是就可以親了？
……不對，我在想什麼！真是的——！

退散！煩惱退散！

艾迪亞特先生撞到米蜜莉雅時，我以為他會跟原作的劇情一樣，對女主角一見鍾情。

或許是我的不安反映在臉上了。

『發生什麼事都別擔心，因為我每天都越來越愛妳。』

那句話隨著悅耳的聲音，至今依然在我耳邊縈繞。

每次回想起來臉頰都會發燙，心跳也會加快。

前世我也談過戀愛，卻從來沒人對我說過那種話。

倒是聽過「我沒有妳不行」、「我只有妳可以依靠」、「我需要妳的幫助」。

那個人似乎誤以為他每次都在依賴我、向我求助時說的那些話，是愛的告白。

艾迪亞特先生則會溫柔擁抱感到不安的我。還會摸背安撫我，我高興得快哭出來了。

在那之後，艾迪亞特先生跟我的距離就慢慢縮短。

他會順手摟住我的肩膀，在不引人注目的地方牽我的手，還會像這樣經常抱住我。

以政治婚姻的訂婚對象而言，我們散發的氣氛實在太過甜蜜。

總覺得有點難為情。這樣根本是一般的談戀愛嘛。

而且我們每次四目相交，都差點親在一起。

但這種時候必定會有人衝進教室，或者聽見老師的腳步聲，跟安排好的一樣受到干擾。

◇◆◇

「克拉莉絲，今天瞞著妳心愛的未婚夫，來做輕效媚藥吧。」

「妳……妳在說什麼？」

「放心吧。是合法的輕效媚藥。」

薇涅願意祝福我們，我很感謝她，不過這真是多餘的關懷。合法的媚藥是什麼啦？

「你們是婚約對象耶，親一下都不敢是什麼意思？就算你們是貴族，也不需要那麼死板。」

「不只是貴族，艾迪亞特先生貴為王子，需要維持良好的生活態度以身作則。」

「你們太正經了啦～順便說一下，這叫輕媚藥，通稱恩愛藥水。是好入口的草莓味。跟能讓不喜歡的人愛上自己的違法媚藥不同，只對互相喜歡的人有效。是用來給情侶或夫妻增進情誼用的輕效媚藥。」

裝在小瓶子裡面的，是看起來像草莓果醬的紅色液體。

站在藥師的角度來說，我的確想做做看，可是我不想因為做了這種藥，被人覺得動機不純。

在我們妳一言我一語的期間，外出購物的艾迪亞特先生和喬治、基恩回來了。

薇涅把恩愛藥水拿到旁邊的廚房兼工作室，不曉得收進了哪裡。

基恩拿著剛買回來的罐裝茶葉，興奮地說：

「我最近學會泡茶了！今天由我幫大家泡茶。你們想喝什麼？」

聽見基恩這樣說，眾人莞爾一笑。我很想告訴他只要是他泡的茶，我都願意喝，不過機會難得，我決定跟他點餐看看。

「我喝純茶就好。」

喬治坐到椅子上，和基恩點餐。

「我也是。」

薇涅拿出茶具，點了跟喬治一樣的茶。

「可不可以幫我泡杯奶茶？」

艾迪亞特先生邊說邊搬運他們買回來的藥材。

「我也想喝奶茶，可以嗎？」

我將盤子和叉子放到桌上，提出要求。

聽完大家想喝的茶，基恩點點頭，馬上端著放茶具的托盤跑進廚房。

薇涅也從廚房拿出加入大量樹果的磅蛋糕和餅乾。

過沒多久，基恩推著推車送來純紅茶和奶茶。

泡紅茶需要掌握茶葉要泡多久，並不簡單。讓我嚐嚐他泡得如何。

我喝了口茶，恰到好處的苦味及牛奶的滋味於口中擴散……還有一點辣。啊，難道他加了薑？身體好暖和。

「好喝。你還加了一點薑呢。」

「媽媽說加了它身體會變暖。她還告訴我女生的身體不能受寒。」

這、這可不像五歲兒童會說的話。雖然應該是從薇涅那裡照搬來的。

薇涅和喬治也在品嚐紅茶。

「好喝嗎？我在紅茶裡加了草莓果醬。」

「噢，確實有草莓的香氣。」

喬治嗅著紅茶的香氣，恍然大悟。

哦，在紅茶裡加果醬，基恩挺會的嘛？我也隱約聞得到草莓香。

「草莓果醬……？」

薇涅聲音打顫，粗魯地放下茶杯，匆忙跑向廚房。

她、她怎麼了？

緊接著——

喬治也將茶杯放到碟子上，突然按住胸口，開始深呼吸。臉紅到了耳根子。

「……基恩，你加進去的是草莓果醬對吧？」

「嗯，大概是媽媽做的。紅色的小瓶子裡面，裝著有草莓香味的液體。」

……咦！那該不會是……

基恩把恩愛藥水當成草莓果醬，加進喬治和薇涅的紅茶裡？

喬治似乎從自身的症狀猜到藥效了，紅著臉愉悅地笑著。

「是、是嗎……哈哈哈……媽媽怎麼會做那種藥呢？」

艾迪亞特先生看到師父不太對勁，面露擔憂。

基恩也不知所措。

恩愛藥水應該沒有解毒劑吧？畢竟是用來給情侶或夫妻增添情趣用的。

那個……這種時候該如何是好？

「喬、喬治，方便借一步說話嗎……？」

過沒多久，薇涅戰戰兢兢地走出來，面紅耳赤。

喬治迅速起身，快步走過去將她壓在牆上，凝視她的臉。

喔喔喔喔，那就是傳說中的壁咚？這輩子第一次親眼看到！原來真的有人會這樣做。

「我有很多問題想問妳……」

「之後再向你說明。」

喬治把臉湊近逼問她。薇涅別過頭。

俊俏魔法師和妖豔美女藥師的組合，美得像一幅畫。

我跟艾迪亞特先生緊張地看著他們，彷彿在欣賞愛情片。

「我現在就要問清楚。妳打算怎麼對我負責？」

「時、時間一過就會失效。」

「別跟我開玩笑。這藥就像點火裝置。妳知道刺激悶在心底的情緒，會有什麼後果吧。這種火不會隨著時間經過而熄滅。既然發生了這種事，我今天就要妳給我一個答覆。」

「……」

薇涅滿臉通紅，沉思了一會兒。

恩愛藥水只對互相喜歡的人有效對吧？

我知道喬治喜歡薇涅，意思是薇涅也對他有好感嘍？

薇涅低下頭，以免她的臉被我們看見，小聲說道：

「……今天自習。我要和喬治出門一下。基恩，麻煩你幫忙顧店。」

薇涅留下這句話，拉著喬治的手臂出去了。

不明白事情經過的艾迪亞特先生和基恩一頭霧水。這時，外面傳來客人的呼喚聲，基恩便前去招呼。

看到他關上房門，艾迪亞特先生問我：

「克拉莉絲，妳好像知道些什麼。」

「咦……您指的是？」

「基恩說他加了草莓果醬時，妳的表情非常驚訝。」

觀、觀察得真仔細。

艾迪亞特先生抬起我的下巴，輕聲呢喃。

「可以告訴我嗎？」

「……！」

我說不出口！

因為要講的話，就得連我和艾迪亞特先生接不了吻的問題也一起說明。我哪可能講得出那麼羞恥的——

「克拉莉絲，妳怎麼了？莫非是很難為情的事？」

「！！！？？？」

怎、怎、怎麼辦？

默不作聲會被他懷疑的！他、他搞不好會覺得我是企圖瞞著未婚夫做媚藥的變態女。

「克拉莉絲，用不著害羞……好嗎？」

最後那句「……好嗎？」太犯規了吧！

我輸給名為溫柔笑容的作弊招式，老實地告訴他恩愛藥水那件事。

絕對不是我自己想做！是薇涅多管閒事！

他聽了露出五味雜陳的苦笑。

「嗯，如果對對方沒有好感，喝下恩愛藥水也不會生效。有效果就代表他們應該是兩情相悅。兩位老師也都是大人了，放著別管即可。」

艾迪亞特先生看著我。

輕輕用右手碰觸我的臉頰，注視我的眼睛。

「我不需要媚藥那種東西。」

「——」

他親了我的嘴巴一下。蜻蜓點水般的吻，感覺得到對方嘴唇的觸感及溫度的吻。

艾迪亞特先生聽見基恩回來的腳步聲，馬上離開我，豎起食指抵在唇上，做出要我保密的手勢。

帥氣的模樣儼然是一幅畫。

上、上輩子談戀愛時，我也跟人接吻過……可是剛剛那個完全不同！

心跳快到胸口快要炸開了。

我沒自信今天睡得著！

基恩回來後，臉頰的溫度還是降不下來。

「怎麼了？房間裡太熱了嗎？」

基恩發現我面紅耳赤，疑惑地歪過頭。

我笑著搖頭回答：

「我的身體現在非常暖和。可能是因為你泡的茶太好喝，我不小心一口氣喝完了。」

「好喝嗎？」

「嗯，很好喝。謝謝你，基恩。」

我紅著臉設法蒙混過去，艾迪亞特先生在旁邊輕笑。

嗚嗚嗚，要不是因為基恩在場，真想往他的背猛捶一頓！

「你真會泡紅茶。」

「真、真的嗎？」

受到艾迪亞特先生的稱讚，基恩臉上浮現笑容。艾迪亞特先生微微一笑，稍微拿起茶杯。

「嗯，我甚至想要再喝一杯。」

基恩面露喜色，不停點頭，幹勁十足地大喊：「我馬上去泡——！」跑去隔壁的廚房。

房間裡再度只剩下我們兩個。

心、心跳又變快了。

連我自己都感覺得到臉頰在發燙。

艾迪亞特先生默默抱住低著頭的我，再度抬起我的下巴。

第、第二次接吻。

這次是個彼此嘴唇相觸好幾次的長吻。

艾迪亞特先生的臉也好紅，明明是他主動吻我的。而且他還笑得那麼開心……第一次跟女生接吻嗎？

就算是被叫做笨蛋王子的人，長得那麼帥，又貴為王族，應該會有許多女性倒貼啊。

艾迪亞特先生緊緊擁抱我。

對了，小說裡的艾迪亞特，也是遇到米蜜莉雅後才第一次喜歡上人。初戀。總是不想去的學校，也在認識米蜜莉雅後變得令人期待。光是她對自己展露笑容，艾迪亞特就很幸福了。

米蜜莉雅的心如果不是屬於亞諾魯德，艾迪亞特搞不好就不會誤入歧途。

艾迪亞特先生，我不會讓你孤單一人。

絕對不會讓你變成「暗黑勇者」。

我抱住艾迪亞特先生。

——現在的你肯定沒問題。

因為你已經不是孤身一人。不只我，還有喬治和威斯特。薇涅也把你當成弟弟對待。

基恩正在接近的腳步聲傳來，艾迪亞特先生鬆開雙手。

「喬治他們應該也在約會。這個季節梅倫花園的花也開了。」

「……」

沒想到那兩個人會以這種形式縮短距離……他們是在兩情相悅的前提下湊成一對，誠心祝福就好了吧。

考慮到喬治的經歷，我不小心變得跟個小姑一樣，下意識自言自語。

「要是他敢害薇涅哭，我絕不饒他。」

「我不認為薇涅會被弄哭。喬治倒是有可能。」

既然艾迪亞特先生這麼說，或許是吧。

可以肯定喬治現在對薇涅一往情深。在原作當中，他也對真心喜歡上的女性極度專情。

相信他的心意，誠心祝福吧。

喬治．雷米奧搬離宮廷魔法師的單身宿舍後，過了一個月——

他好像搬進了薇涅家。

原本他就不太回宿舍，比較常待在薇涅家。

認識薇涅後，喬治就不再到處喝酒，也不再拈花惹草。

喬治正式（？）搬進薇涅家後，基恩便改口叫他爸爸。

看到他們三個一片和樂，我心想，這樣是不是皆大歡喜？

喬治在原作是因為遇到米蜜莉雅才改變，這個世界則是由薇涅取而代之。

如此一來，喬治為了保護女主角而喪命的機率便大幅降低了。

雖然會少一位保護女主角的人，但我這個罪魁禍首正在努力不要變成反派角色，所以先別擔心吧。

之前我只想著要讓自己倖存下來，可是現在，我有想要守護的人。

非常幸福，同時也令人害怕。

想到以後會發生的事……想到未來，就更加害怕。

我不知道現在的幸福會持續到何時。

因此我必須變強。

我不是聖女和勇者那種天選之人，能夠獲得的力量有限，不過身為王族艾迪亞特先生的未婚妻，必須盡己所能，捍衛國家。

為了保護心愛的人。

◇◆◇

「克拉莉絲，妳的臉色怎麼那麼凝重？」

這一天的下課時間，我跟艾迪亞特先生一起在校內的溫室庭園散步。

今天開著品種各異的蘭花。

上空還有七彩的小鳥在飛翔，洋溢南國氣氛。

想到薇涅和喬治，我不禁思考起未來，下意識露出嚴肅的表情。

「沒有……沒什麼。」

「如果妳有煩惱，隨時可以跟我說。」

「……」

我不敢告訴他真相。

這裡是小說裡面的世界，你和我是反派角色，這種話我怎麼可能說得出口？

我連自己的身分都不敢跟未婚夫坦承。

「我無論何時都會站在妳這邊。」

艾迪亞特先生輕輕擁抱我。

溫暖厚實的胸膛使我小鹿亂撞，壓在肩上的重擔忽然變輕了。

若是跟這個人在一起，發生什麼事都能應對——儘管無憑無據，他卻給了我這樣的安心感。

隨著擁抱的力道加重，我感覺到他絕對不會讓我不安的心意。

那堅定的意志加深了我對他的愛意。

真的不敢相信，我可以這麼幸福嗎？

……不對。

不能沉浸在幸福中。

按照原作的設定，魔族皇子迪諾搞不好會率領魔物大軍，攻進王都。

假設迪諾沒有跟小說一樣攻過來，艾迪亞特先生依舊是這個國家的王子。就算不照原作的劇情發展，也有很大的機率捲入權力鬥爭。

校內流傳著亞諾魯德殿下的母親特蕾絲第二側妃，正在接連拉攏有權有勢的貴族。艾迪亞特先生拜喬治為師的經過我也聽說了，魔法師貝里歐斯似乎是特蕾絲妃介紹的。他不肯教艾迪亞特先生魔法。總覺得跟特蕾絲妃脫不了關係。

在小說裡面，男主角的母親特蕾絲第二側妃以過人的智慧聞名。她被描寫成暗地幫助男主角的人物，最好把她當成裝乖的狠角色。

還有艾迪亞特先生的隨從，卡堤斯．海利。

他動不動就會拿艾迪亞特先生和亞諾魯德殿下比較。

即使艾迪亞特先生大展長才，他也絕對不會承認。

卡堤斯真正發誓效忠的，是第二王子亞諾魯德．赫汀殿下。他是特蕾絲派出的間諜，負責監視艾迪亞特先生。

不過講白了點，艾迪亞特先生壓根不信任卡堤斯。

入學後，我和艾迪亞特先生放學會從學校直接去薇涅家，他總會找事給卡堤斯做，把他從身邊支開。

如果卡堤斯堅持要跟來，以護衛的身分來接艾迪亞特先生的喬治會用睡眠魔法讓他睡著，或者用催眠魔法讓他對其他事情感生興趣。

我和艾迪亞特先生兩人獨處時，他沒事的話不會接近，但他經常監視艾迪亞特先生，老實說有夠煩。

某一天，卡堤斯主動找我說話。

「克拉莉絲女士，方便打擾一下嗎？」

我在跟索妮雅和黛西聊天，一面從窗戶看艾迪亞特先生跟威斯特練劍。

意想不到的人物跟我攀談，令我感到疑惑。

「海利卿，請問你有什麼事？」

「亞諾魯德殿下找您。可否請您馬上來學生會辦公室一趟？」

「……哎呀，你身為艾迪亞特先生的隨從，居然幫亞諾魯德殿下向我傳話，真不可思議。」

「！」

卡堤斯雙肩一顫。

他以為自己的間諜身分被發現，嚇到了。

我看過小說，所以一開始就知道，就算沒看小說，他平常的態度也明顯到不行。

他那麼愛稱讚亞諾魯德殿下，即使不至於認為他是間諜，誰都猜得到他是亞諾魯德陣營的人。

「你乾脆直接去侍奉亞諾魯德殿下吧？」

黛西展露可愛的笑容扔出直球。

「我也認為騎士就該侍奉真正想跟隨的人。」

索妮雅的神情極其嚴肅，扔出第二顆直球。

被黛西和索妮雅戳中痛處，卡堤斯目光游移。

居然連故作平靜的能力都沒有，這個人真的好不適合當間諜。

本來卡堤斯應該也想光明正大服侍亞諾魯德殿下，但他得監視艾迪亞特先生，表面上必須以隨從的身分服侍他。

想成是不能進想去的部門，被迫做不適合的工作的上班族，確實挺可憐的。

不過，他不對艾迪亞特先生拿出敬意要扣分。再說，任何人都不能輕視王族。

選卡堤斯當間諜，特蕾絲側妃真是挑錯人了。

我清了下嗓子，對卡堤斯說：

「我想帶兩位朋友一起去。」

「咦……！這、這有點——」

「已經訂婚的女性單獨去見其他男人，可能招致不必要的誤會。視情況而定，說不定會影響亞諾魯德殿下的風評。」

「知、知道了！那麼，兩位也一起來吧。」

或許是提到亞諾魯德殿下的風評奏效了，卡堤斯連忙點頭。

我愧疚地望向兩位朋友，她們豎起拇指點頭，彷彿在表示沒問題。那個手勢跟上輩子是共通的嗎？

於是，我帶著索妮雅和黛西，前去跟故事的男主角亞諾魯德見面。

我才剛入學，不清楚詳細的制度，這所學校挑選學生會成員時，好像有特有的規矩。

以全年級前段班的成績入學、家世、在社交界的評價等等，滿足所有條件的人，才會被現任學生會成員挖角。

黛西的哥哥阿多尼斯．克羅諾姆學長也因為家世顯赫、成績優秀，受到學生會的邀請。不過他以想要專心念書為由拒絕了。

亞諾魯德殿下符合上述所有的條件，加入了學生會。

小說中的艾迪亞特大罵過為什麼不讓他加入學生會。現實中的艾迪亞特先生倒不會講這種話。

然而──

「亞諾魯德殿下都加入學生會了，反觀艾迪亞特殿下……」

「在這部分也看得出兄弟倆的差距。」

其他人會嘲笑他，擅自拿他跟弟弟比較。

艾迪亞特先生雖然完全沒放在心上，但老實說，我很不甘心。

亞諾魯德．赫汀──

故事的男主角，在原作是克拉莉絲未婚夫的角色。

讓我親眼見識一下，眾多貴族讚不絕口的亞諾魯德究竟是怎樣的人吧。

◇◆◇

「妳來啦。坐吧。」

學生會辦公室跟教室一樣大，裡面放著整組豪華的沙發。

我照亞諾魯德殿下所說，跟索妮雅和黛西一同入座，第一次正視坐在對面的亞諾魯德殿下。

不愧是故事的主角。

王家特有的天藍色眼睛清澈明亮，頭髮是接近黑色的深棕色。跟眼神有點銳利的艾迪亞特先生不同，是個外表溫和的美少年。

想必有許多少女對他一見鍾情。

可惜就我看來，艾迪亞特先生比較帥。

戴眼鏡的女學生馬上端來紅茶和茶點。原來在學校也有紅茶和茶點可以吃。

對喔，原作也有寫到米蜜莉雅在跟亞諾魯德喝紅茶的片段。

亞諾魯德殿下說了：「請用。」我便喝了口茶。啊，是美味的大吉嶺。

我忽然感覺到有人在看我，瞄向對面的亞諾魯德殿下。

咦……他、他的表情好凝重。我做錯了什麼嗎？

亞諾魯德殿下雙臂環胸，嘆了口氣。

「其實，我想跟妳談談妳的妹妹。」

「舍妹嗎？」

意想不到的人物，令我睜大眼睛。

說到妹妹，我只想得到義母妹妹娜塔莉。

那孩子跟我同歲，年級相同。

以娜塔莉的能力，頂多只考得進C班，爸爸卻賄賂校方，請學校把她分進B班。

根據艾迪亞特先生提供的情報，其實他本來逼校長把娜塔莉分進A班。似乎是不能接受我的班級比娜塔莉還要好。

對校方而言，把C班的人分去A班好像非常強人所難，調去B班就是極限了。

亞諾魯德殿下嚴肅地問我：

「妳到底是怎麼教妹妹的？」

「您的意思是？」

「大剌剌地走進教室，不停找我聊天。不僅對初次見面的人直呼名字裝熟，還硬塞她做的料理給我吃，不顧我的意願邀我共進午餐。」

……娜塔莉，妳到底在做什麼？

過於誇張的行為害我一陣頭痛，抬手按住額頭。

可是仔細一想，小說裡的克拉莉絲是不是也做過同樣的事？

為了吸引亞諾魯德王子的注意力，送他親手做的料理、親自繡的手帕，約他吃午餐……

呃啊，娜塔莉幹了這種好事嗎！而且亞諾魯德不是她的戀人，也不是未婚夫。

娜塔莉親手做的料理啊……八成是叫廚師長做的。

「而且，聽說她還視同般的米蜜莉雅．波爾特魯小姐為敵，再三騷擾她！」

咦咦咦咦咦！

連、連這種事都代替我做了嗎！

哇，在不同的地方變得跟小說的發展一樣。

再繼續聽這些驚人之舉，我可能會不小心噴茶，因此我決定先將茶杯放到碟子上。

「米蜜莉雅整個人變得無精打采……真可憐。妳到底是怎麼教妹妹的？」

「什麼？那個……恕我直言，負責教育舍妹的人是家父和家母，跟我這個姊姊毫無關係。」

「妳在說什麼？姊姊教育妹妹不是理所當然嗎？」

「……………………」

呃……他是優秀的王子殿下對吧？是不是有人說他是舉世罕見的天才兒童？

卡堤斯也不知道誇過他多少句。

的確，這個人在學業、魔法、劍術方面或許挺優秀的。

腦袋卻單純到不行。

想法膚淺。思考模式是不是也比實際年齡幼稚？咦？十七歲的人會有這種觀念嗎？

我自己還擁有近三十歲的記憶，或許是因為這樣，才會有這種感覺。

然而，看來不只我這麼覺得，黛西推起差點滑下來的眼鏡。

「殿下，可否請您允許我發言？」

「唔……妳是宰相的女兒。嗯，說吧。」

黛西的父親是宰相。

國家的政要，在幕後輔佐國王陛下。連亞諾魯德都不能對她失禮，也不能無視她。

「若您所說的常識是正確的，亞諾魯德殿下也教育過您嗎？」

「為、為什麼我要被皇兄教育？」

「他不是您的哥哥嗎？身為弟弟的您，當然被哥哥教育過。」

「我、我不一樣！我們的母親不同，又沒有一起生活。」

幼稚的反駁令我感到傻眼，輕聲嘆息。

「我和娜塔莉的母親也不同。而且雖說我們住在同一個屋簷下，但我們並沒有一起生活。」

「王族和貴族不一樣吧！」

王族和貴族確實不一樣，但這並不構成姊姊必須教育妹妹的理由。年紀差很多也就罷了，我和娜塔莉可是同歲又同年級。

「總之，教育娜塔莉的人不是我。請去向家父家母抱怨。就算您跟我抱怨，家妹也聽不進我說的話。」

「妳不是姊姊嗎？應該能叫她聽妳的話。」

你哪來的自信？

我的嘴角依然掛著禮貌的微笑，內心的不耐卻快要反映在臉上。

我的額頭大概印著一個※符號。

「我剛才也說過了，照這個道理，您也會對哥哥說的話照單全收嘍？」

「就跟妳說王族和貴族不一樣了。」

「不好意思，兄弟姊妹之間不分王族貴族。與其跟我抱怨，跟家父說會比較好。我幫不上任何忙。」

我盯著亞諾魯德殿下的眼睛。

得先壓抑住不耐煩的心情，演出誠懇的模樣，以平穩的語調建議。

亞諾魯德殿下在跟我目光交錯的瞬間，不知為何像在逃避似的移開視線，語氣有點緊張。

「……知、知道了。妳說的也有道理。我之後再去跟夏雷特侯爵談談。」

咦？

沒想到他一下就答應了。看來他不至於那麼笨。

亞諾魯德王子做了個深呼吸，拿起桌上的紅茶喝了一口。

「克拉莉絲小姐，讓我們進入正題吧。」

……什麼？

剛才說的不是正題嗎？

這個王子是怎樣？

我反射性望向黛西和索妮雅。她們都帶著難以形容的複雜表情。

亞諾魯德殿下沒有察覺我們之間的尷尬氣氛，接著說道：

「其實，有幾個人退出了學生會。我在召集新成員。黛西女士和索妮雅女士剛好也在場，我想拜託妳們務必加入學生會。」

「「「…………………」」」

我們目瞪口呆。

莫名其妙！

跟初次見面的人大肆抱怨後，還邀對方加入學生會。誰來告訴我第二王子的腦袋是什麼構造？

黛西再度推了推差點滑下來的眼鏡，開口說道：

「我想請教一下……」

「但說無妨。妳有什麼問題？黛西小姐。」

「您剛才說有幾個人退出了學生會，方便的話，請告訴我原因。」

「噢，一個人說他想認真念書，另一個是身體不適。我剛加入學生會，不清楚詳情。」

我們再度面面相覷。

表面上是拿課業跟身體狀況當理由，但亞諾魯德王子剛加入他們就退出，可以推測有可能是不想跟亞諾魯德一起工作。

我們不到五分鐘就體會到了。這位第二王子跟傳聞不同，是個笨蛋。跟這種人共事，不曉得要幫他收拾多少爛攤子。

我深深鞠躬，給出合理無比的原因鄭重拒絕。

「感謝您的邀請，無奈我目前想專心鑽研魔法。我想學會更多魔法，好在將來為這個國家派上用場。因此除了上課時間，放學後我也會獨自學習。」

「喔，原來如此……值得敬佩。」

黛西也神情堅定，恭敬地垂下頭，語帶愧疚。

「我正在擔任家父的助手，以便將來能為國家盡一份心力。承蒙您的邀請，深感榮幸，可是請容我拒絕。」

索妮雅也接著跟武士一樣，正經八百地答覆殿下。

「我現在也必須精進劍術。身為女性，體力及體質都有不利之處，需要更多的練習及經驗。恕我拒絕。」

亞諾魯德殿下大為震驚，似乎沒想到會被所有人拒絕。

也對……換成一般的女學生，或許會樂於接受王子的邀請。

這時，我忽然想到一件事。

「不是有一位比我更適合的人才嗎？為我們帶路的卡堤斯・海利卿，在A班當中也屬於特別優秀的學生，更重要的是，他好像對您萬分尊敬。」

「是沒錯，不過他是皇兄的隨從。」

亞諾魯德殿下瞄向站在門邊的卡堤斯，露出複雜的表情。八成是覺得都把他派去監視艾迪亞特先生了，如果他回到自己身邊，那有什麼意義？

「啊，您不好意思讓哥哥的隨從為自己做事是嗎？學生會都在放學後工作，那個時間艾迪亞特先生會跟我一起念書，請您不用顧慮。」

「這、這樣啊。」

我望向卡堤斯，他的喜悅表露無遺。

太好了，他不是跟原本的主人一樣會深思熟慮的類型。

「那、那麼卡堤斯，放學後可以來幫忙嗎？」

「是！我很樂意！」
恭喜兩位相似的人氣味相投。我死都不想跟他共事。
我成功將放學後想跟到薇涅家的卡堤斯塞給亞諾魯德殿下，在內心擺出勝利姿勢。
「另外，我還想推薦您關心的米蜜莉雅．波爾特魯女士。」
亞諾魯德聞言，睜大眼睛。
他應該想不到這個名字會從我口中說出來吧。
根據原作的劇情，米蜜莉雅在亞諾魯德的推薦下加入學生會，參與志工活動。她在這個過程中救了許多傷患及病患，逐漸提升聖女的能力。
這部分照原作的路線走即可。
因為，假如未來要跟魔族皇子戰鬥，有聖女的力量比較好。
亞諾魯德殿下卻語出驚人。
「妳、妳不嫉妒米蜜莉雅嗎……！」
「我？為什麼？」
「我對米蜜莉雅有好感。米蜜莉雅也一樣對我有好感。」
「那真是太好了。」
「很多人嫉妒我們感情好。妳是我的前未婚妻，所以我以為妳可能還對我有留戀。」
……什麼？

我，不對，不只是我，黛西和索妮雅也一臉錯愕。

這男人在說什麼鬼話！

我勉強讓快要抽搐的嘴角維持禮貌的微笑，對亞諾魯德殿下說：

「殿下，我的未婚夫是艾迪亞特先生。雖然我曾經是您的未婚妻人選，但我們今天才第一次見面，請問我為何要對您有留戀？」

「很多我不認識的人也喜歡我啊。」

「或許如此，可是我不包含在內。更遑論對未婚夫以外的男性有意思。」

我說的僅僅是理所當然的常識，亞諾魯德殿下卻一副不敢相信的樣子搖搖頭，用顫抖著的聲音詢問：

「莫非……妳覺得皇兄比我更好？」

「是的。艾迪亞特先生是我心愛的未婚夫。」

我露出燦爛的笑容點頭，亞諾魯德殿下的表情──跟看見天崩地裂一樣。臉色蒼白，眼珠子都快掉出來了。

不不不，有必要大受打擊嗎？

我是你哥的未婚妻耶？正常來說不可能，也不能喜歡上你吧？

難道他以為全世界的女生都喜歡自己？

那他的誤會可大了。若他是我的親人，真想訓他幾句。

正當此時，預備鈴剛好響起，我起身向他屈膝行禮。黛西和索妮雅也跟著我一同行禮。

「預備鈴響了，我們該離開了。殿下，我認為米蜜莉雅有魔法天分。請務必協助她發掘才能。」

「喔……喔……克拉莉絲，妳真是個精明幹練的女人。」

聽見米蜜莉雅的名字，亞諾魯德殿下回過神來。

男主角果然喜歡女主角。

唯有這個設定沒改變。

先不說他是以什麼為依據說我「精明幹練」，我跟娜塔莉不同，對米蜜莉雅表示支持，似乎讓他對我產生良好的印象。

雖說他頭腦單純，但終究是男主角。

別與他為敵肯定比較好。

亞諾魯德殿下，米蜜莉雅，祝兩位幸福。

反派千金會在這裡乖乖退場，別再來糾纏我了。

第七章 反派角色攻略地下城

◇◆艾迪亞特視角◆◇

我是艾迪亞特．赫汀。

轉生成反派角色，卻過著快活的校園生活，半點成為反派角色的要素都沒有。

小說裡的艾迪亞特和克拉莉絲雖然是戰友，卻互相厭惡。艾迪亞特討厭看不起自己的克拉莉絲，克拉莉絲鄙視愚蠢的艾迪亞特。

然而，現實並非如此。

我喜歡克拉莉絲。最喜歡了。

她不是小說裡面那種冷淡的女人。反而溫柔又堅強。好強的一面也很可愛。

廚藝還好到看不出是千金大小姐。

她尤其擅長做派，蘋果派、南瓜派、肉派，通通好吃得可以拿去賣。

『艾迪亞特先生……』

明明沒有在一起，她悅耳的聲音仍舊在我耳邊縈繞不去。

那纖細的身軀彷彿一抱緊就會受傷。接吻時，她的嘴唇柔軟得令人驚訝，又光澤亮麗，真想一直感受那個觸感。

她害羞的表情可愛得令我胸口緊緊揪起，又性感，害我按捺不住。

我就直說了。

我想馬上跟克拉莉絲結婚。想快點得到克拉莉絲的一切。

肯定再也找不到那麼有魅力的女性。

許多貴族子弟明知她是我的未婚妻。還熱情地注視她。

還有原作的男主角亞諾魯德。

我不認為事情會按照原作的劇情發展，不過她因為某些原因喜歡上那傢伙的可能性並不是零。

焦急的心情使我想跟克拉莉絲結婚的衝動與日俱增。

乾脆在每個月一次要去謁見國王的時候，請父王讓我跟克拉莉絲結婚吧。

在那之前，必須先跟她求婚。

求婚……該說什麼才好！要在什麼樣的情況下，對她說什麼樣的台詞？還得準備戒指……啊，這個世界是不是只有結婚戒指，沒有訂婚戒指？

鏘——！

兩把劍的碰撞聲，將我喚回現實世界。

……噢，不小心失去冷靜了。

畢竟我缺乏戀愛經驗，我也知道我處於心浮氣躁狀態。

我正在跟威斯特訓練。

我連忙用劍擋住威斯特揮下的劍。

你先滾一邊去吧，煩惱！

別妨礙我修行！

正當此時，預備鈴剛好（？）響起，我們便決定中斷訓練。

加上冷汗，我流的汗比平常還要多。

我用掛在脖子上的毛巾擦汗，威斯特納悶地問：

「殿下，您有心事嗎？」

「……小事而已。」

實在說不出口我在訓練時想的是什麼。

跟威斯特一起走回教室的路上，我在樓梯口遇到克拉莉絲她們。

她最近常跟索妮雅女士和黛西女士共同行動。

順帶一提，黛西．克羅諾姆是我的表親。我的母親梅里雅王妃和黛西的父親克羅諾姆宰相是表兄妹。

人稱鋼鐵宰相的黛西之父，跟我那個溫柔和善的母親居然是表兄妹，真不敢相信。

總而言之，優秀的人才聚集在克拉莉絲身邊是好事。

她們照理說會在之後的地下城攻略測驗幫上忙。

隸屬於赫汀騎士團的索妮雅，應該會是克拉莉絲優秀的護衛，黛西女士遺傳自宰相的智慧，也能幫上她的忙。

但不知為何，三人看起來精疲力竭。

「怎麼了？妳們很累的樣子。」

「艾、艾迪亞特先生……有點疲憊，或者說無力。」

「……？」

我得知克拉莉絲她們被我的異母弟弟亞諾魯德找過去，先是抱怨娜塔莉，然後再請她們加入學生會。

由於太誇張了，我和威斯特驚訝得合不攏嘴。

哪有人有事相求，還劈頭就是抱怨？

唔……若我在場，真想罵亞諾魯德幾句。

黛西還不耐煩地跟我報告：

「而且他今天才第一次見到克拉莉絲小姐，卻以為她對自己有好感。克拉莉絲小姐當然直接否認了，亞諾魯德殿下好像沒料到她會否定得這麼乾脆，大受打擊。」

……會受打擊很正常。

那傢伙被譽為王太子的最有力人選（多虧他母親的特意安排），長得好看又有錢，應該挺受女生歡迎的。初次見面就倒貼他的女性，想必多如牛毛。不過拜託不要以為每個人都會喜歡自己。

「謠言真的不可盡信。被說是壞女人的克拉莉絲小姐溫柔又聰明，艾迪亞特殿下也跟傳聞所說的不一樣，非常優秀，人稱天才的亞諾魯德殿下居然是那種……沒事。」

索妮雅差點出言不遜，閉上嘴巴。

我明白妳想說什麼。哎，他才十七歲，應該不太懂人情世故，很可能做這種脫離常軌的行為。

而且從小就把他捧成那樣，他自然會誤解。

純粹是亞諾魯德沒有天才到能讓其他人吹捧。

他之所以能角逐王太子之位，比起亞諾魯德本身的能力，母親特蕾絲的本事占了更大的因素。

就這方面來說，我的母親倒是什麼都沒做。被特蕾絲狠狠甩在後頭。虧她這樣還能當王妃。

克拉莉絲接著說：

「亞諾魯德殿下加入學生會後，有幾個人退出了。表面上是拿身體不適和身體狀況當理由，我推測原因其實在殿下身上。」

「有人很快就看穿亞諾魯德的本質了。」

我邊說邊站在退出學生會的人的角度思考。

再怎麼無能，對方好歹是第二王子，又是王太子的人選。稍有野心的人，都會樂意跟亞諾爾德一起處理學生會的事務。

他們卻選擇退出學生會，不是判斷第二王子不可能成為王太子，就是無論如何都不打算侍奉他。

值得查一下退出學生會的人是誰。

搞不好藏有能在攻略地下城時幫上忙的優秀人才。

◇◆◇

退出學生會的成員有兩人。

其中一人疑似真的生病，在家休養。

另一人是以要認真念書為由退出。

柯奈多．威廉姆——

二年S班。據說會成為下任學生會長的人。

受到前任學生會長的指名，工作也差不多交接完畢，可是他在亞諾魯德加入學生會的不久後，就拿學業當理由退出學生會。

二年S班正在中庭練習魔法，柯奈多的身影也看得很清楚。

二年級的學生中，只有他穿著上級魔法師的長袍。

「溫．多拉格姆。」

其中一名學生唸出呼喚龍捲風的咒文。

以二年S班的程度，自然會有懂得用龍捲魔法的人。

由於必須調整魔力，將威力控制在不會破壞校舍的程度，雖說是中級魔法，難度還是相當高。

龍捲風的高度及寬度跟上輩子的電線桿一樣，威力卻足以彈飛人類。

「卡帝．希爾德！」

柯奈多唸出防禦魔法的咒文迎擊。

淡藍色的透明護盾覆蓋住柯奈多。

龍捲風撞上護盾，直接消滅。居然能這麼輕鬆地消掉它。看來他屬於上級魔法師中的佼佼者。

原作並未提到柯奈多．威廉姆這個名字。恐怕是路人……不，是額外角色。

這個世界有許多原作沒提到的設定和小故事。

亞諾魯德和米蜜莉雅的故事幕後，說不定有能力優秀的人在暗地大展長才。

地下城攻略測驗，屬於魔法及劍術的實技測驗的一環。隊伍由學生組成，規定要有一名熟練的高年級生，以及負責監督的老手騎士或宮廷魔法師。

擔任監督的魔法師，我找了喬治。問題是高年級生。

低年級生會爭奪優秀的前輩。

柯奈多．威廉姆在小說裡是額外角色，卻是曾經待過前學生會的優秀人才，當然會有許多低年級生想找他加入。但他從未接受任何一人的邀約。

亞諾魯德好像也有邀請他，被一秒拒絕了。他可是柯奈多退出學生會的原因，有這種反應再正常不過。

最近他受不了一直遭到打擾，下課時間經常在中庭無人的觀景亭（西洋風涼亭）看書。

即使如此，還是會有人跑去找他。例如今天的我。

柯奈多發現我，默默起身，恭敬地對我鞠躬。

「參見第一王子殿下。」

「不必那麼拘謹。」

我自然地坐到柯奈多對面。

咦？今年夏天是前所未有的酷暑，觀景亭中應該也會很熱才對，裡面卻涼得像開了冷氣。

仔細一看，鑲在柯奈多的魔杖裡面的魔石正發出藍光。

推測是那顆魔石讓這裡變涼的。

單眼皮的細長型眼睛感覺有點神經質，柔順的鮑伯短髮是跟深綠色眼睛成對比的淺綠色。相貌端正得讓他當路人太浪費。散發一種認真勤奮的氣質，感覺會是隻稱職的社畜。

「殿下特地獨自前來找我，請問有何貴幹？」

「你已經猜到了吧？當然是來邀請你跟我一起攻略地下城。」

「前陣子，亞諾魯德殿下也有來邀請我，我鄭重拒絕了。」

「看你好像不滿意舍弟的計畫。我打算盡量滿足你的需求。一下也好，方便跟我談談嗎？」

柯奈多驚訝得兩眼圓睜，大概是不敢相信我說的話。

他直盯著我的臉。

「呃……您真的是那位第一王子殿下？」

「沒錯，如假包換。」

「魔法、劍術、知識都不及第二王子殿下的那位？」

他之所以故意提出失禮的問題，八成是想測試我會不會輕易動怒，以及我能否站在客觀的角度評價自己。

我微微聳肩後回答。

「對，就是那位第一王子。先不說知識，劍術和魔法我從未跟他正面較量過，所以我其實不知道孰優孰劣。」

「……」

柯奈多目不轉睛地看著我，似乎在想事情。

唉，有種在面試的感覺。

外面傳來刺耳的蟬鳴。這個世界也有蟬。

在這個世界名為黑蟬，叫聲跟熊蟬極度相似。

柯奈多看準蟬聲停歇之時，接著詢問：

「具體上來說，您希望我提供什麼樣的協助？」

「包含治癒魔法在內的輔助魔法。目前我的隊伍成員是以用劍攻擊為主的威斯特・貝爾蒙德、索妮雅・凱利、卡堤斯・海利三個人，負責攻擊的魔法師是我和克拉莉絲，治癒及輔助魔法由黛西・克羅諾姆負責。」

聽見黛西・克羅諾姆的名字出現在最後的瞬間，柯奈多挑起眉頭。他們認識嗎？

「聽說您的未婚妻克拉莉絲侯爵千金擅長治癒魔法，她不是負責治癒魔法的嗎？」

「這次我想請她跟我一起專注在攻擊魔法方面。只不過，負責治癒魔法和輔助魔法的黛西・克羅諾姆似乎不擅長使用魔法，可以的話，我想再找一位魔法師協助她。」

攻略地下城可不是找好朋友一隊即可。

跟互相信賴的人共同行動當然最好，但組成攻守平衡的隊伍也很重要。

劍術精湛的索妮雅、威斯特，擅長攻擊魔法和治癒魔法的克拉莉絲。我的隨從卡堤斯也姑且算有A班的實力，會用幾招魔法，也會使劍。

然而，這樣組隊會太過側重攻擊，攻守並不平衡。

儘管有負責輔助魔法的黛西，但她不太擅長魔法。所以需要有個人補足黛西的戰力。

「亞諾魯德殿下完全沒有考慮到隊伍的平衡性。他認為只要召集強大的騎士和魔法師就好，因此我拒絕了他的邀請。」

「如果跟魔物之間有著壓倒性的戰力差距，不是不能採用這個做法。亞諾魯德恐怕是想集中強大的騎士和魔法師，率先攻略地下城。」

面對校方準備的地下城，這一招是管用的。不過考慮到將來可能會遇到的實戰，思考模式可不能那麼簡單。

企圖毀滅這個國家的魔族皇子迪諾。

在小說裡面，他把克拉莉絲捧為「黑炎魔女」，讓艾迪亞特變成「暗黑勇者」，派他們率領魔物大軍攻入王都。

既然她成了我的未婚妻，我壓根不打算讓克拉莉絲淪為「黑炎魔女」。而我自己也不想變成「暗黑勇者」，但我不認為迪諾會死心。

我和克拉莉絲沒希望的話，他可能會選其他人當犧牲品。

最好從現在開始累積跟魔物大軍交戰的經驗。

「您不會不甘心嗎？這樣下去，您會輸給亞諾魯德殿下。」

「我對於跟弟弟比賽沒興趣。我現在需要的，是各種戰鬥的經驗。」

「……」

柯奈多沉默不語。

我特地強調這次來挖角他，不只是為了這次的測驗，也是在為將來考慮。

柯奈多眉頭緊皺，似乎在想事情。他沒有冷冷拒絕我，就當成是對我的印象還不錯吧。

「不需要馬上回答，可是我希望你考慮一下。如果你自己有其他想負責的領域，可以跟我說。視情況而定，我跟克拉莉絲也可以改當輔助人員。」

「不會，負責輔助魔法沒問題。只不過我有發明商品，想要拿來試用看看。」

「什麼樣的商品？」

「是最適合這次的實技測驗的道具。」

柯奈多揚起嘴角，總覺得我像條上鉤的魚。

他在找地方測試自己的發明品嗎？

亞諾魯德的隊伍集合了四守護士和實力堅強的魔法師。成員太優秀，柯奈多就沒機會試用商品了。

例如受傷的時候，即使想試用新商品，想在亞諾魯德面前好好表現的魔法師感覺也會在使用道具前急著用魔法治好。

至於我的隊伍，我和克拉莉絲可以按照柯奈多的要求轉為輔助，靈活調整。所以他才認為我會爽快地讓他使用他發明的道具吧。

他的要求反而正中我的下懷。

進入未知的地下城時，我想盡量節省魔力。能用道具代替再好不過。

就這樣，我成功拉攏一位可靠的同伴。

不過，這時我還不知道……

危險性高達S級的陷阱，在理應由校方準備的地下城中等待我們。

◇◆◇

赫汀學園一年級實技測驗「攻略地下城」當天——

通過條件是進入校方準備的迷宮取得指定道具。除此之外的道具視為加分項，還能直接得到該道具。

儼然是RPG的世界，而非小說。

學校準備了好幾座迷宮，分別是上級難度、中級難度、初級難度。

我當然打算挑戰上級難度的地下城。這樣得到稀有道具的可能性比較高。

然而，要挑戰上級難度地下城的，好像只有我們和亞諾魯德他們的隊伍。其他學生為了保證能夠通過測驗，選了中級難度的地下城。

兩位王子都要挑戰上級難度的地下城，導致洞窟周遭聚集了一堆看熱鬧的……不對，是觀眾。除了通過初級、中級迷宮的部分一年級生，連挑戰地下城的學生的家長和附近居民都跑來圍觀。

宛如一場盛大的活動。

「要不要賭哪位王子先通過？」

「這有什麼好賭。當然是亞諾魯德王子啊?艾迪亞特王子中途就會棄權了。」

「他好像沒有帶高年級生，沒問題嗎？」

觀眾們在暢所欲言。

薇涅和基恩推開那些人，往這邊走來。

「別放在心上。那些傢伙只聽過你的傳聞。」

「我不介意。我擔心的是答應陪我的高年級生還沒來。」

「要是有緊急狀況，喬治會保護你。」

經薇涅這麼一說，我回頭望向這次的監督喬治。喬治點了點頭。

師父願意陪同，實在很可靠。

「艾迪、克拉莉絲，還有大家，加油喔！」

聽見基恩的聲援，不只我和克拉莉絲，大家臉上都浮現喜悅的笑容。小孩子純真的聲援，真令人感動。

亞諾魯德的隊伍集齊了原作的主要角色四守護士。

伊凡．史提柯、艾達．穆拉、蓋烏．哈里克森。最後的四守護士是高年級生格爾德．摩斯。

以及監督羅伯特．史坦納將軍。

這個陣容堪稱最強隊伍。可是，帶將軍參加學校的實技測驗沒問題嗎？這招我實在想不到。

要說他只懂得召集強者，是這樣沒錯，不過亞諾魯德的隊員各個實力堅強，應該轉眼間就能通過地下城。

「哎呀哎呀，艾迪亞特殿下身邊似乎只有惹人厭的魔法師。看起來也沒有高年級生。」

出言嘲諷我的人，是蓋烏．哈里克森。

他在小說中是保護男主角亞諾魯德的可靠同伴，但從另一個角度看，純粹是個討厭鬼。

「喂，蓋烏！太不敬了。」

「好痛！幹嘛打我，伊凡？」

伊凡賞了蓋烏一拳斥責他。一本正經的伊凡，不喜歡對王族不敬的同伴。原作裡他們也經常吵架。

格爾德在吃麵包，或許是肚子餓了；艾達盯著自己的手看，確認指甲油有沒有塗好。

剩下兩位魔法師，視線在起爭執的伊凡跟蓋烏之間移動，不知所措。
亞諾魯德在和羅伯特討論戰術，沒有要關心隊友的跡象。
……嗯──毫無合作精神。算了，既然羅伯特也在，應該不會出事。
另一方面，一群女生聚集在不遠處。
「克拉莉絲小姐，請帶上這些當成攜帶口糧。」
「這是我昨天跟蘇珊小姐一起做的！請和大家一同享用。」
同為住宿生的蘇珊與凱特已經攻略完初級地下城，來為克拉莉絲送行。
她們將裝餅乾的袋子遞給克拉莉絲。
「謝謝妳們，蘇珊小姐，凱特小姐。」
克拉莉絲真受住宿生的歡迎。她一道謝，兩人都樂得臉頰泛紅。
蘇珊不安地詢問克拉莉絲：
「高年級的隊員還沒來耶，沒問題嗎？」
「我想不用擔心。」
克拉莉絲嘴上這麼說，卻一臉憂心忡忡的樣子。
我們的隊伍還邀了前學生會成員柯奈多加入，他至今仍未出現。
當時他給了正面的答覆，該不會放我鴿子吧？
哎，我不認為贏得了陣容如此強大的隊伍，但我想順利通過測驗。

這時，一隻飛龍降落在供挑戰者集合的洞窟前的廣場。

飛龍是體型比馬大一圈的飛行生物，難以馴服又凶猛，能夠騎乘的人類有限。記得只有龍騎士團和極少數的魔法師。

騎在難以馴服的飛龍背上的人，正是柯奈多。

他輕盈降落，走到我面前。

「讓您久等了，艾迪亞特殿下。」

「我還以為你不會來了。」

「非常抱歉，花了些時間做準備。」

亞諾魯德手下的人看到柯奈多．威廉姆登場，一陣騷動。

尤其是蓋烏，他震驚地凝視這邊。

「不會吧……柯奈多學長加入艾迪亞特殿下的隊伍？他明明拒絕了亞諾魯德殿下。」

柯奈多率先跪在我面前。

這個行為意味著什麼——就是柯奈多．威廉姆在這一刻選擇跟隨我，而非亞諾魯德。

我望向亞諾魯德，他面有不甘。

柯奈多拒絕了他，卻接受我的邀請，他似乎覺得非常沒面子。

卡堤斯彷彿要替亞諾魯德發聲，詢問柯奈多：

「柯奈多學長，你為何不跟隨前途光明的人，要特地加入這種隊伍？」

「這個隊伍比較能供我發揮能力。亞諾魯德殿下已經有這麼多可靠的同伴，輪不到我出馬吧。」

「我還以為你是更聰明的人……真遺憾。」

卡堤斯轉過身表示失望，柯奈多無奈地嘆息。

喬治板起臉看著卡堤斯。

「那傢伙搞什麼？他好歹是艾迪的隨從，等等要互相合作的隊友，怎麼有辦法面不改色地講出那種話？」

我聳聳肩膀。

「他原本就是那樣，別在意。」

「要是他敢來礙事，我馬上把他轟出去。」

監督除了是用來防止我們發生意外的護衛，同時也要負責把受傷的學生或扯後腿的學生帶離地下城。卡堤斯構成阻礙的時候，就交給喬治吧。

這時，教師們發號施令，要學生集合到自己身邊。

咦……不是常見的那位麥亞老師，是三年級的老師凱普斯老師。

這位老師散發一種陰沉的氣息。肌膚蒼白，眼睛底下有著明顯的黑眼圈。

我只有在教職員辦公室看過他幾眼，不方便下評論，但他跟我對上目光時會對我微笑，還以為他是更開朗的老師。

看到喬治，凱普斯老師愣了一下。喬治對這個反應感到疑惑。

「喬治，你認識凱普斯老師嗎？」

「不認識。今天是第一次見面。」

「他看到你好像嚇了一跳。」

「是不是被我的男子氣概嚇到了？」

喬治開玩笑似的說，我卻覺得凱普斯老師的反應不太對勁。

凱普斯老師清了下嗓子，恢復鎮定。

「麥亞老師有急事，沒辦法過來，所以這次的實技測驗由我負責。」

他邊說邊往我這邊瞪過來。

……被瞪了。為什麼？

不過，她馬上繃緊神情，彷彿什麼事都沒發生，冷靜地開始說明。

「這座迷宮有兩個入口。從哪邊進去難度都一樣。亞諾魯德殿下請從左邊的入口進去，艾迪亞特殿下從右邊的入口進去。」

凱普斯老師鞠躬哈腰地說著：「來來來，殿下請到這邊。」帶亞諾魯德一行人來到左邊的入口。

我們則被他晾在原地。可以確定他偏袒亞諾魯德了。

喬治對凱普斯老師翻了個白眼。

「這傢伙偏心都不藏的。」

「奇怪……凱普斯老師應該不是會偏心的人。」

前學生會成員柯奈多跟指導三年級的凱普斯老師很熟的樣子，感到十分疑惑。

老師的態度固然有點奇怪，目前還是以平安攻略地下城為重吧。

「你們小心點。」

「大家一路順風——」

薇涅和基恩對我們揮手。旁邊的蘇珊、凱特也淚眼汪汪地送上聲援。

「大家加油！」

「祝平安！」

大多數的觀眾都在幫亞諾魯德跟四守護士打氣，但也有人願意為我們聲援。

跟原作的艾迪亞特不同，我絕不孤單。

一定要跟夥伴一起平安歸來。

◇◆◇

初級地下城是名為幽鬼殿的建築物，中級是吸血鬼之塔，上級是迷幻洞窟。

我們在上級難度的迷幻洞窟中前行。從入口照進的光消失後，眼前變得一片黑暗。

使用照明魔法的話，施術者的身體會發光，周圍也會變亮，但這個魔法原本是用來驅散怕光的魔物。一直用它來照亮四周，會消耗大量的魔力。

這時，柯奈多從腰包裡取出彈珠大小的圓形石頭，詠唱照明魔法的咒文。

「弗洛特．夏尼斯。」

形似彈珠的石頭飄到空中，綻放與大小不相襯的強烈光芒。

結合飄浮魔法和照明魔法的法術。

結合兩種魔法的法術，只有上級魔法師會用。

耀眼的光芒照亮周邊。跟上輩子唾手可得的手電筒功能一樣。不過範圍比手電筒更大，亮度也堪比LED燈。

「對這顆魔石唸出飄浮魔法和照明魔法的咒文，效果會反映在石頭上。消耗的是魔石裡的魔力，我自己的魔力不會減少。」

「好厲害……這顆會發光的魔石，就是柯奈多先生的發明品？」

黛西興奮得臉紅，對柯奈多投以尊敬的目光。

柯奈多搔著臉頰，略顯害臊。

「還在實驗階段。如果這次可以證明它具有實用性，我打算把它商品化。」

彈珠般的小石頭就能把四周照得這麼亮，真的很有用。

而且或許是因為石頭發出強烈的光芒，弱小的魔物完全不會靠近。

不用浪費體力，也不用把魔力用在照明上。

就算有等級偏高的魔物襲來，光線明亮也有助於戰鬥。

抵達洞窟中心前，我們做的只有趕走小型魔物而已，相較之下挺順利的。

由於攻略進度還不錯，我們決定在洞窟的空曠處稍事休息。

大家分別拿出身上的攜帶糧食。

「多虧柯奈多先生的發明品，順利來到這裡了。啊，這是我家的廚師做的，不嫌棄的話請用。」

黛西將她帶來的攜帶糧食遞給柯奈多。是前世的三明治。柔軟的麵包夾著看起來很高級的肉。

柯奈多接過三明治，對黛西說：

「妳的父親和哥哥說要是你有個萬一，我就沒命了，威脅我——不對，是拜託我盡全力保護妳。」

「爸爸和哥哥真是的。」

柯奈多面帶笑容，語氣輕描淡寫。看來人稱鋼鐵宰相的黛西之父奧利弗．克羅諾姆公爵，以及她的兄長阿多尼斯．克羅諾姆，在測驗日前對他施加了不少壓力。

黛西愧疚地對柯奈多低頭致歉，柯奈多回以溫柔的微笑，叫她無須介意。

「柯奈多先生，剛剛的道具叫什麼名字？」

「還沒取。若妳方便，可以由妳決定嗎？」

「亮亮球怎麼樣？」

「亮亮球啊。黛西的想法還是一樣創新呢。」

與身分地位無關，兩人用名字稱呼對方。

克拉莉絲看著他們，一臉疑惑，黛西害羞地說明：

「啊，柯奈多先生是家兄的好友，從小就會去對方家玩。他一直把我當成妹妹疼愛。」

「噢，原來如此。」

克拉莉絲和索妮雅點頭表示理解。

嗯……柯奈多看黛西的眼神確實溫柔，但我覺得跟看待好友的妹妹的眼神有些許差異。

黛西才貌雙全，又是公爵之女。以結婚對象來說條件極佳。而且既然他們從小就有交流，在貴族社會中是能夠信任的珍貴存在。

柯奈多對黛西女士抱持好感，一點都不奇怪。只不過，對鋼鐵宰相的女兒有意思，某方面來說需要強大如勇者的精神力。

現在在探索地下城，我就假裝沒看見營造出浪漫氣氛的兩人吧。

喬治吃的便當推測是薇涅親手做的，威斯特、索妮雅、卡堤斯帶來的則是可以馬上吃完的麵包及肉乾。

克拉莉絲將蘇珊和凱特做的餅乾分給大家。只有卡堤斯說：「不用了。」不肯收下。

我吃的是克拉莉絲做的飯糰。幸好這個世界也有米，而且跟前世的米很像。捏成圓形的小飯糰便於攜帶，非常容易入口。可以的話希望加個海苔，可惜這個世界好像沒有。

要不要去拜託賣海草的店家發明海苔呢……在我心想之時——

吱吱吱。

吱——吱——！

洞窟深處傳來像猴子的叫聲。

恐怕是猿型魔物。說不定是被食物的香氣引來的。

索妮雅跟威斯特立刻拔劍擋在前方。

反射魔石光芒的眼睛，於黑暗中接連冒出。

吱吱吱——！

吱——！

藍毛猿型魔物發出尖銳的威嚇聲襲來。

其中一隻猴子迅速搶走卡堤斯的攜帶糧食。幹嘛不快點收進去？卡堤斯茫然注視空蕩蕩的雙手。

「蒼猴嗎？」

我低聲說出魔物的名字。

這種魔物在洞窟外面也會活動，所以不怎麼怕光。不是強大的魔物，卻對食物異常執著。

柯奈多扔出兩、三顆乒乓球尺寸的魔石，引發小規模爆炸，魔物周圍瀰漫煙霧。即所謂的煙霧彈。

索妮雅與威斯特將受驚的魔物一隻隻打倒。

看到同伴倒下，剩餘的魔物吱吱叫著，落荒而逃。

接著換成藍色翅膀的蝙蝠型魔物襲來，推測是被魔物的血腥味吸引的。

半數跑去吃猿型魔物的屍體，剩下一半則往這邊飛。

「梅卡・萊特寧古！」

克拉莉絲唸出咒文，落雷劈向魔物。

落雷的顏色是帶紫色的白色。酷似據說只有聖女會用的白色落雷。

只不過，跟具有攻擊和淨化效果的聖女的落雷不同，克拉莉絲的魔法沒有淨化效果。

話雖如此，攻擊力依然驚人，許多魔物光是看見雷光就感到畏懼。

「我一瞬間……把她看成了聖女。」

看到克拉莉絲把一大群蝙蝠掃蕩乾淨，索妮雅難掩驚訝。黛西也不停點頭附和。

「太誇張了啦。如果我是聖女，就把洞窟的魔物通通收拾掉了。」

克拉莉絲靦腆一笑，但我也想贊同索妮雅。將魔法運用自如的克拉莉絲，有種神聖的美感。

「蒼猴是B級魔物。蒼蝠是C級魔物。學校準備的地下城差不多就這個程度吧。」

擔任監督的喬治盯著蒼蝠的屍體。

基本上，校方照理說會準備不至於傷到學生的魔物。目前還在意料之中。

早上跟威斯特去驅逐的，大多是A級的強大魔物。這種程度稍嫌不足啊。

算了，現在先以大家一起平安攻略地下城為最優先。

錯綜複雜的道路因為光線充足的關係，能夠通行無阻，也沒有被高低起伏劇烈的地面絆住。

雖然有好幾條岔路，但有時遇到死路，有時被巨岩阻擋，只得掉頭，但我認為我們算前進得挺順利的。

照這個步調，或許可以比想像中更快攻略地下城……才剛這麼想——

「……那裡有點奇怪。」

這句話出自黛西口中。

的確，前面的路都是凹凸不平的岩石，她指的地方卻鋪滿沙子。

「威斯特，可以幫我找顆偏大的石頭，往那塊沙地扔嗎？」

威斯特點點頭，毫不費力地單手拿起籃球大小的石頭扔出去。

石頭一掉在沙子上就消失不見。

沙地開出一個大洞，石頭直接掉了下去。

「騙小孩用的落穴。」

卡堤斯聳聳肩膀，黛西卻面色凝重。我問她：「有什麼異狀嗎？」

「雖說是幼稚的陷阱，但假如柯奈多先生沒有點燈，我們應該不會發現這個落穴。」

「確實。畢竟魔法師用的照明魔法也沒這麼亮。視野不良的話，很可能沒發現。」

我點頭，柯奈多的表情也有點嚴肅。

「明顯是人為設置的。」

「避開陷阱也是課題之一吧？」

克奈多搖頭回答我。

「建築物或塔那種人工建造的地下城，有時會事先設置陷阱。不過像這種自然生成的洞窟，校方應該不會設置人為陷阱才對。」

既然如此會是誰？誰會設置這種幼稚的陷阱——我第一個想到的，是向我們介紹地下城的那位老師。

「凱普斯老師明顯想讓我們進入這邊的迷宮對不對？」

克拉莉絲也有同樣的想法。

「凱普斯老師不是那種人。他非常為學生著想，是認真教學的老師。」

「可是……」

克拉莉絲聽完柯奈多的說法，欲言又止。

「前提是他是凱普斯老師本人。」

我的發言令眾人大吃一驚……不對，柯奈多不怎麼驚訝。

「您的意思是，有人變身成凱普斯老師？」

我點頭回答索妮雅。

克拉莉絲聽了，臉色瞬間刷白。

「怎麼會？如果是變身魔法，我有自信看得穿……」

「如果是擅長變身魔法的上級魔法師，連我都很難看穿。」

喬治緊咬下唇。沒能看穿那人的變身魔法，迴避風險，他悔恨不已。

我也在覺得凱普斯老師不對勁的瞬間，隱約有股不祥的預感。當時就覺得他八成幫亞諾魯德安排了對他有利的地下城，沒想到他居然壞到對我設陷阱。

柯奈多嘆了口氣。

「他沒變身成麥亞老師，而是特地變身成三年級的凱普斯老師來這裡，也是因為覺得變身成我們熟悉的老師會露出馬腳吧。」

黛西點頭附和。

「這次同行的高年級生只有二年級，我又不覺得觀眾之中會有三年級生。」

「嗯，我原本是學生會成員，跟擔任顧問的凱普斯老師很熟。所以我剛才就覺得他跟平常不太一樣。」

「萬一是危險人物，麥亞老師跟真正的凱普斯老師大概被弄昏了，關在某個地方……希望沒被殺掉。」

黛西的推測相當嚇人，不過最好考慮到那個可能性。

本以為假凱普斯的目的肯定是讓亞諾魯德獲勝，搞不好是想誘導我進入危險的地下城。

「……如果只有落穴這種可愛的陷阱，倒還算好的。」

「咦？」

克拉莉絲因我的自言自語而歪過頭，地鳴般的聲音突然響徹四周。

過沒多久，我發現那不是地鳴，是腳步聲。

附近的洞頂及地面的岩石微微震動。

「凱普托．涅特！」

黛西詠唱咒文，在地面展開形似蛛網的網子。

可惜網子的大小只有直徑一公尺左右。黛西想要展開更大的網子，不甘心地癟起嘴。

柯奈多輕拍黛西的肩膀。

「冷靜點。先深呼吸一次，再試著施法。」

黛西點頭將手掌貼在地面，再度詠唱咒文。

「凱普托．涅特。」

剛才只有直徑一公尺的網子，增加到跟洞窟一樣寬的三公尺大。

只不過是冷靜下來，就能進步得這麼快嗎？仔細一看，柯奈多在她身後小聲唸咒。

黛西為施術成功一事展露笑容。

「先培養自信也是一種手段。她只是覺得自己不擅長魔法，不是沒天分。」

柯奈多以黛西聽不見的音量低聲說道，旁邊的喬治也點頭贊同。

「這招不錯。沒有信心自己做得到，也很難發揮魔法的威力。」

黛西總覺得自己不擅長魔法。但願這能成為讓她有自信的契機。

在我們交談的期間，腳步聲的主人出現了。

是一隻體長隨便估計都超過三公尺的紅龍。紅色身體及火焰般的鬃毛獨具特色。比柯奈多騎的飛龍大一圈。

克拉莉絲和黛西嚇得表情僵硬，柯奈多和索妮雅緊張地仰望紅龍。卡堤斯整個人嚇到腿軟。

除了我、威斯特和喬治，沒人跟大型魔物對峙過。

會害怕很正常，自然也會緊張。

我跟威斯特每天早上都與大型魔物對決，所以不太會因為體格差距而害怕。每天早上狩獵的經驗，在這時幫上大忙。

身為宮廷魔法師的喬治實戰經驗也相當豐富，泰然自若。

紅龍踩到黛西設置的網子，卻一腳把它踩爛，往這邊衝過來。

「這傢伙是上級冒險者才能對付的等級。」

面對緊逼而來的紅龍，喬治低聲說道。柯奈多馬上為我們施展防禦魔法。透明護盾將我們包覆住。

乍看之下只是層薄薄的玻璃，護盾卻徹底防住龍噴出的強大火焰。我們毫髮無傷。

比想像中更優秀的學長願意加入，我心中是無限的感激。要是有個萬一還有喬治在，冷靜應對吧。

我吁出一口長氣。

現在不是管落穴的時候。那位老師明知會從嘴巴噴出烈焰的最強等級龍族棲息在其中，還叫我們進入這座地下城嗎？

看來他是想置我於死地。

為何不惜變身成凱普斯老師也要殺我？

恢復前世的記憶前，我挺蠻橫的，多少會跟各種人結仇，但還不至於會被殺。

再說，我不認為那名教師會基於私仇對身為王族的我下殺手。應該有人在背後指使他。希望我消失的某人。

我只想得到一個人……

第二側妃，特蕾絲．赫汀。

原作的特蕾絲是為國操心，守護亞諾魯德的母親，現實中的特蕾絲卻想除掉我，好讓亞諾魯德坐上王座。

證據就是女僕也好，貝里歐斯也罷，她介紹的人才沒一個是好貨。

或許是因為我解僱了貝里歐斯和女僕，她對我提高了戒心。

想趁早摘掉我這株嫩芽並不奇怪。

「吉伽．弗利德。」

我使用冰系的上級魔法，暴風雪立刻襲向紅龍。

龍的屬性是火，所以冰系魔法能對牠造成重創。

龍的火焰鬃毛逐漸消失，肌膚凍傷。

「不可能……怎麼會？」

卡堤斯不敢相信我會使用上級魔法，看著我頻頻揉眼。

無法相信的話，不相信也沒關係啦。

「威斯特、索妮雅，趁現在砍斷龍角。」

「砍得斷嗎？」

他會擔心很正常，畢竟他手中的劍是平凡無奇的鐵劍。龍的角一旦斷掉，就會陷入虛弱狀態，不過一般的武器不可能砍得斷。

「柯奈多，幫威斯特和索妮雅的劍施展強化魔法。」

「收到。」

「威斯特瞄準右邊的角，索妮雅瞄準左邊的角。」

「「遵命。」」

我對每位成員下達指示，望向卡堤斯……不行，他腿軟動彈不得，不曉得是被龍嚇到，還是被會用上級魔法的我嚇到。既然那傢伙派不上用場，就當他不存在吧。

「黛西去強化剛才的束縛魔法。」

「殿、殿下……剛才雖然成功了，不過——」

「那妳就不斷唸咒，直到成功。剛才都成功了，這次照理說也做得到。」

總之先不要太期待黛西的束縛魔法會有效。當成她在拿實戰練習即可。

我望向克拉莉絲。

「這次我們一起用暴風雪魔法。兩個人一起用，效果也會倍增。」

克拉莉絲點了點頭。

我們配合時機，同時朗誦咒文。

「「吉伽．弗利德！」」

威力加倍的暴風雪，落在紅龍的全身上下。

熊熊燃燒的火焰消失殆盡。

牠試圖繼續噴火，卻只噴得出一小團火焰。

威斯特和索妮雅砍向結凍的龍角。三十公分長的龍角隨著冰一同碎裂。

紅龍當場跪下，癱倒在地。

「凱普托．涅特！」

黛西的唸咒聲傳遍整座洞窟。

原本只能召喚小蛛網的她，順利展開足以把整隻龍覆蓋住的巨大蛛網。還是憑藉自身的力量。

柯奈多豎起大拇指，誠心為她感到開心。

完美的束縛魔法令紅龍失去行動能力，放聲咆哮。

牠擺動四肢，想擺脫蛛網，可是牠越抵抗，蛛網就纏得越緊，連龍都難以逃離。

紅龍掙扎了一段時間，巨大身軀突然變成馬匹的大小。

又等了一陣子，變成中型犬的大小。最後甚至縮小成小型犬的大小，尷尬地仰望我們。

看來巨大的模樣只是偽裝的，牠本來只是隻小龍。

小龍的圓眼泛起淚光，瑟瑟發抖。

「對不起，吵醒你睡覺了。」

我抱起小龍，撫摸牠的頭。

小龍叫了聲，把頭埋進我懷裡。

這隻龍的父母怎麼了？

知道小孩在跟人類戰鬥，照理說不管有多遠都會馬上趕來。

紅龍是最強的龍族。若有被人類狩獵的紅龍，應該會造成轟動，我卻從未聽說。不曉得是死於不為人知的意外，還是拋棄孩子了……無論如何，可以確定這孩子是孤兒。

柯奈多走過來仔細觀察小龍。

「您要帶走那隻龍嗎？」

「嗯，牠好像沒有家人，把斷了角身體虛弱的龍丟在這，未免太可憐了。」

斷掉的角遲早會長出來，但在那之前牠會一直這麼虛弱，可能會遭受其他魔物的攻擊。

「唔……那我就把龍蛋帶回去吧。」

稻草堆上放著五顆大龍蛋。柯奈多撿起那些蛋，用布裹起來放進袋子。

我懷裡的小龍擔心地叫了聲。這些蛋大概是牠的弟妹。

這孩子是想保護這些蛋，才變成大龍試圖趕走我們吧。

「別擔心。我們會好好照顧這些蛋。」

柯奈多撫摸小龍的頭安撫牠。這些蛋的爸媽不在，放在這邊只會淪為魔物的餌食。

人工孵化的成功率絕對不高，希望至少可以平安孵出一隻。順利長大的話，可能會是強大的戰力。

「你們不需要我出手就解除危機了。肯定會通過測驗。」

「喬治，還有多少時間？」

喬治拿出懷錶，確認時間。

「測驗時間到日落為止，還有三小時左右。若你想贏過弟弟，我建議馬上離開。」

「我進地下城的目的不是為了贏過亞諾魯德。有東西比勝負更重要。」

我碰觸生長在龍巢周圍的結晶。

看到綻放七彩光輝的結晶，喬治咧嘴一笑。

「的確，那東西比無聊的比賽重要多了。」

◇◆◇

我們直到最後一刻才採集測驗指定的道具，走出地下城。

凱普斯——不，假凱普斯沒料到我們會平安歸來，目瞪口呆。

亞諾魯德他們已經攻略完地下城，正在接受觀眾的稱讚。

蘇珊和凱特哭著衝到克拉莉絲身邊。

「克拉莉絲小姐——！」

「您平安無事！」

兩人同時抱住克拉莉絲。

薇涅和基恩也跑了過來。

「大家沒事就好！」

「我就知道爸爸跟艾迪絕對沒問題！」

基恩雀躍地抱住喬治。

這時，亞諾魯德的跟班走過來嘲笑我們，彷彿是他們率先攻略迷宮。

「學業方面您或許能和亞諾魯德殿下競爭，但您的實戰能力似乎有待加強。」

兩位住宿生鼓起臉頰，反駁調侃我的人。

「這場測驗又不是比攻略速度的！」

凱特威嚇嘲諷我們的亞諾魯德的跟班。

「大家平安回來最重要！而且另一隊有四守護士和將軍閣下同行，速度比較快也是應該的。」

蘇珊也對那群看熱鬧的傢伙怒吼。

兩位女性的氣勢，嚇得嘲笑我的亞諾魯德的跟班們縮起身子。然而，還有人學不乖想要挖苦我。是四守護士之一的蓋烏。

「亞諾魯德殿下兩小時前就出來嘍？各位到底為什麼會拖這麼久？」

「喂，蓋烏！」

亞諾魯德心裡應該覺得我是沒用的哥哥，卻不會明顯擺出看不起我的態度，因此朋友對哥哥出言不遜，他自然會罵人。畢竟他貴為男主角。基本上是好孩子。

反而是他的隨從毫不掩飾對我的輕蔑，不把我放在眼裡。尤其是四守護士中的蓋烏，他因為過於崇拜亞諾魯德，逮到機會就想貶低我。

我輕輕聳肩，回答蓋烏的問題。

「噢，花了點時間採掘。」

「採掘嗎？」

蓋烏一頭霧水，我從手中的袋子拿出手球大的七彩魔石。

「就是它。」

看到閃耀七色光芒的石頭，觀眾紛紛驚呼。

因為這是打倒龍才能獲得的道具。

魔石種類繁多，有紅色魔石，也有藍色魔石。

有魔石結晶的地方容易成為魔物的棲息地，原因不明。據說越強大的魔物，棲息地越容易長出潛藏豐富魔力的魔石結晶。

生長在龍巢的魔石結晶，潛藏著極度強大的魔力。

發出七彩光芒的這種魔石，是最稀有的種類。它是只能在龍族棲息地採集到的虹色魔石，別名龍穴。

我們一直在採掘虹色魔石，直到測驗時間結束。

興趣是製作魔導具的柯奈多特別有幹勁。
假凱普斯的聲音和身體都在顫抖。
「居、居然有那種魔石……我去的時候沒看見啊。」
「……」
我摸了下在懷裡呼呼大睡的小龍的頭。
小龍為了保護自己變化成大龍挺常見的。在那種情況下，小龍搞不好會比平常的龍更加凶暴不受控制。
一般的學生恐怕沒辦法活著回來。
我詢問假凱普斯：
「對了，你是什麼人？」
「──什麼？」
「你不是凱普斯老師吧？」
「您……您在說什麼呢？」
假凱普斯當然想要裝傻，我冷冷瞥了他一眼，望向喬治。
「喬治，賞他一發解咒魔法。」
「收到。喂，別逃啊？假老師。尼魯・法多。」
聽見解咒魔法的瞬間，假凱普斯臉色蒼白，轉身就逃，喬治把法杖對著他，朗誦咒文。

假凱普斯前方瀰漫煙霧，覆蓋他的身姿。

「你、你對老師做什麼！」

我看見一個人影緊張地大叫，在煙霧後面企圖逃離現場，接著使用魔法。

「凱普托．涅特！」

煙霧遮蔽了視野，只聽見尖叫聲。

不久後，煙霧散去，映入眼簾的不是魔法老師凱普斯，而是被束縛魔法抓住的宮廷魔法師貝里歐斯．蓋因。

亞諾魯德等人也沒料到有人會假扮成老師，大為震驚。

搞不清楚狀況的觀眾一陣騷動。

喬治露出苦笑，宛如理解了一切。

「對喔，你只有變身魔法特別擅長。」

「閉嘴！被排擠的傢伙！」

貝里歐斯咬牙切齒地瞪著喬治，以所有人都聽得見的音量大聲控訴。

「我、我今天是以代理人的身分來到這裡！您、您不僅剛開除我……還對我如此粗暴！艾迪亞特．赫汀殿下果然不夠格當王太子！」

假如我沒恢復前世的記憶，說不定會無法反駁，在這個場合被當成壞人。可惜我現在可不是會乖乖任人宰割的類型。

「先不說我夠不夠格當王太子，你早就知道地下城裡面有龍對吧？」

「……呃，那是——」

「你不是代替麥亞老師來的嗎？如果你沒發現，代表你無能至極；如果你發現了還置之不理，叫怠忽職守。這件事我會去跟父王報告。」

貝里歐斯聞言，嚇得面無血色，當場下跪，把額頭貼在地上向我求饒。

「請、請您網開一面！請務必對陛下保密——！」

「我差點沒命，還要我保密？你把王族當成什麼了？」

亞諾魯德搞不清楚情況，視線在我和貝里歐斯之間移動。

觀眾們也因為貝里歐斯下跪的關係，滿臉詫異。

柯奈多笑得異常燦爛。

「雖說是上級難度，但那可是用來指導學生的地下城。校方必須事先驅逐超過一定等級的魔物，讓必須由S級冒險者出手的魔物留在裡面，是非常嚴重的問題。」

亞諾魯德的隊伍聽見，也跟著騷動起來。

因為如果他們選了另一邊的地下城，就會輪到他們和龍交戰。

貝里歐斯將亞諾魯德一行人引導至安全的地下城，避免這種情況發生，受到特別待遇的當事人則毫不知情。

羅伯特將軍默默旁觀，不過他兩眼散發凶光，額頭浮現青筋。一副現在就想去掐死貝里歐斯的樣子。

被亞諾魯德他們跟將軍怒瞪的貝里歐斯，維持下跪的姿勢縮著身體。

黛西像要補刀似的接著說：

「讓王族、貴族子弟進入有危險迷宮的地下城可是重罪。我也會向父親報告這件事。」

「求、求您別告訴宰相大人。」

「哎呀，為什麼我不能告訴父親我差點沒命？」

「——」

黛西的語氣是前所未有的冰冷。

赫汀王國的宰相奧利弗．克羅諾姆擁有鋼鐵宰相之名，卻對女兒溺愛有加。我不認為鋼鐵宰相會原諒讓女兒遇到危險的人。

貝里歐斯已經面無血色。

儘管是為了殺我，也不該把宰相之女也牽扯進來。他是覺得萬一黛西運氣不好，在探索地下城的途中喪命，特蕾絲會幫忙掩飾真相嗎？

我解僱了貝里歐斯，特蕾絲也沒講半句話。

因為他放棄指導第一王子，還敢照領薪水的消息在宮廷裡傳開了。大概是喬治傳出去的。

特蕾絲不僅沒有包庇貝里歐斯，還把亞諾魯德的魔法老師這個職位也拔掉了。

她解僱貝里歐斯時，恐怕下了這樣的命令。

若想洗刷汙名，就把艾迪亞特處理掉。

就算我們死在地下城裡，特蕾絲也八成不會包庇貝里歐斯。她肯定會讓他扛下所有的罪名，再堵住他的嘴。

貝里歐斯望向亞諾魯德，彷彿在跟他求救。

不過亞諾魯德聽見黛西這麼說，對前師父投以輕蔑的目光。

「想不到有這種事……老師因為怠忽職守的關係被皇兄解僱時，我還不敢相信，現在我就能接受了。你究竟幹了什麼好事？」

「我、我，那個……我是聽從特蕾絲殿下的命令——」

「母后命令你做什麼？敢說謊的話，小心我當場處刑你。」

亞諾魯德拔劍指向貝里歐斯。

純真的男主角不知道母親在暗地耍手段。小說裡也直接寫到她為了讓兒子坐上王位，不惜弄髒雙手。

貝里歐斯當然講不出話，嘴巴一開一合。

不能怪他不敢據實以告。特蕾絲的命令，恐怕是要他殺了我。

亞諾魯德應該不會相信母親有惡鬼般的一面。貝里歐斯知道自己說出真相的瞬間，就會被亞諾魯德處刑，所以才開不了口。

「罷了。日後王室就會查明真相，作出判決。」

亞諾魯德收起劍。羅伯特拎著貝里歐斯的後頸，殺氣騰騰地將臉湊近。

「貝里歐斯・蓋因，之後我再仔細審問你。」

「……」

貝里歐斯就這樣被羅伯特帶走。

目送兩人離去後，亞諾魯德慢慢走到我面前。

「皇兄平安無事，真的太好了。」

他露出發自內心鬆了口氣的表情。

雖然他還有思慮不周的部分，但我明白他的本性並不壞。

再怎麼說，他都是我的親兄弟。我不想與異母弟弟為敵。

即使成為國王的人會是亞諾魯德，我也希望抽身盡量不要跟他起糾紛。

「還有克拉莉絲，謝謝妳保護了皇兄。」

「不敢當。我沒有做什麼。反而是艾迪亞特先生保護了我。」

克拉莉絲似乎為亞諾魯德道謝一事感到意外，瞬間面露驚訝，但她很快就恢復鎮定，把手放在胸前低下頭。

「要是沒有妳，皇兄應該沒辦法活著回來。」

「不，沒有艾迪亞特先生的指示，我們可能都沒辦法平安歸來。」

柯奈多和黛西也點頭同意。

亞諾魯德卻像聽見笑話似的笑出聲，心底應該還是看不起我。

「用不著把皇兄捧成那樣。」

「……」

克拉莉絲不悅地皺起眉毛，下一秒就露出諂笑。

明顯是裝出來的營業笑容，不懂得察言觀色的亞諾魯德卻被這抹笑容奪去目光，陶醉地盯著她的臉。

這傢伙該不會對克拉莉絲……喂喂喂，拜託不要在這種時候給我加個男主角愛上反派千金的老套設定喔。

話先說在前頭，我完全沒打算把克拉莉絲交給你。你不是有女主角米蜜莉雅嗎？自己去幸福快樂啦。

千萬不要把我們扯進去！

◇◆◇

就這樣，我們的地下城攻略測驗平安落幕。

順帶一提，貝里歐斯自己招供他把麥亞老師和凱普斯老師變成了老鼠。

兩位老師在單身教師的宿舍同寢，他們討論要為一年級準備什麼樣的地下城時，宮廷魔法師貝里歐斯突然闖入房內，把兩人變成老鼠。

接著，貝里歐斯變身成凱普斯，向學校提議讓他代替身體不適的麥亞老師主導一年級的實技測驗。

變成老鼠的兩位魔法老師，被塞進小盒子裡扔進水井。幸好那是一口枯井，還積滿柔軟的泥土，兩隻老鼠才沒有溺死，也沒有摔死。

兩人被變成老鼠的第三天——

「喂，你們還活著嗎？」

聽見來自地面的聲音，兩隻老鼠感動得泛淚，大叫道：

「吱吱吱，吱吱——吱吱——吱！（是羅伯特將軍的聲音！）」

「吱吱吱吱——！（請您救救我們——！）」

用繩子拉起來的兩隻老鼠撲向羅伯特。

與羅伯特同行的宮廷魔法師使用解咒魔法，兩隻老鼠變成了兩名男子。

「羅伯特將軍啊啊啊！感謝您的救命之恩。」

「還以為我要沒命了——！將軍啊啊！」

麥亞老師和凱普斯老師尚未擺脫以老鼠的模樣被扔進水井的陰影，緊抓著羅伯特不放。

「別再抓著我了！快把衣服穿上！」

被兩名全裸男子抱住的將軍臉色蒼白，對兩位老師怒吼。

貝里歐斯．蓋因之後逃出了王城的地牢，被宮廷搜查隊通緝。

然而，再也沒有人看過貝里歐斯。

沒人知道他怎麼逃出守備嚴謹的地牢，八成有看守是特蕾絲的奸細，幫助貝里歐斯逃獄吧。

我不認為特蕾絲真的想救他。恐怕是為了封口，才把他從牢裡帶出去。

貝里歐斯．蓋因很可能已經不在人世。

特蕾絲．赫汀是除了魔族來襲，我現在最需要警戒的人。最好將她當成與原作不同，極度危險的人物。

至於實技測驗的結果，亞諾魯德的隊伍很快就攻略完地下城，取得優異的成績。

我們這隊雖然拖到最後一刻才出來，但不僅順利攻略迷宮，還發掘了令全世界的魔法師為之震驚的稀有魔石，獲得額外加分。

我和亞諾魯德的隊伍綜合得分都是滿分，並列第一。

「第一王子抱到了前輩的大腿。」

「未婚妻克拉莉絲的幫助也很大。」

「不不不，有能力召集那些人才的第一王子也不容小覷喔？」

「但他的人望比不過亞諾魯德殿下。」

我和亞諾魯德以前所未有的好成績通過測驗，在校內蔚為話題。

稱讚亞諾魯德的人依然比較多，不過A班的同學興致勃勃地來問我們在地下城裡發生的事。

我們跟龍交手過一事，日後成了學校的傳奇。

終章

◇◆艾迪亞特視角◆◇

那一天，我在校內的咖啡廳跟威斯特和柯奈多喝茶。

跟柯奈多一起攻略地下城後，我們在圖書室和中庭碰面時都會聊個幾句，甚至成了一起喝茶的朋友。

「這次的測驗真的是寶貴的經驗。跟您在一起，感覺不用怕無聊。」

「我倒希望生活能盡量無趣、平靜一點。」

「只要您還是王子，應該有困難。而且您自己不也每天早上都會去冒險？」

我和坐在隔壁的威斯特面面相覷。

他指的是已經變成慣例的剿滅魔物嗎？

好吧，我又沒有刻意隱瞞。有些同學也看過克拉莉絲生氣地幫受到輕傷的我治療。

「我想測試各種發明，有時間的話，方便讓我同行嗎？」

我求之不得，立刻點頭。

多了個願意陪我一起去的夥伴，令人心安。這樣就能挑戰更強的魔物，提升經驗。

這時，克拉莉絲、索妮雅、黛西走進咖啡廳。

「我們也可以加入嗎？」

「那當然。」

克拉莉絲微微歪頭，我覺得我回答她時應該帶著雀躍的笑容。

另外兩位男性亦然，威斯特看到索妮雅、柯奈多看到黛西，紛紛面露喜色。

威斯特起身讓座給克拉莉絲，建議她坐到我旁邊。

她略顯害羞地點了點頭，坐到我旁邊對我微笑。

怦通！我的心臟劇烈跳動。

她的笑容看幾次都好可愛，害我小鹿亂撞。

在原作是反派角色的克拉莉絲，如今是我心愛的未婚妻。為了守護她的笑容，我希望在場的夥伴們也能得到幸福。

我還得變得更強。不只是我，這個國家也必須變得強大。

絕對不能進入壞結局。

這時我還沒有自覺。

因為過去的我，一直活在優秀弟弟的陰影下。

上輩子也沒有多特別。只是個平凡的上班族。
我想都沒想到，自己會作為下任國王，背負眾多人的期待。

番外篇

反派千金變成嬰兒

「……基恩，我之前也說過，不可以拿那個架子上的瓶子用。」
「對不起，我以為是蜂蜜。」
「……」
最後那句「……」是我——克拉莉絲．夏雷特的反應。
我變成未滿一歲的小嬰兒了。
平常放學後，我會跟艾迪亞特先生一起從學校去薇涅家，假日則是直接從宿舍過去。不小心太早來的我，在廚房等待艾迪亞特先生和喬治。這時，基恩為我送上紅茶。
我在喝下紅茶的瞬間，變成小嬰兒的樣子。
衣服當然鬆鬆垮垮。現在我整個人裹著長袍。
「基恩誤以為是蜂蜜加進茶裡的，是年輕化藥水，喝下去會暫時變年輕。年老的冒險者會來買，沒想到妳會跟紅茶一起喝下去。」
變年輕的藥……不是，這也太年輕了吧！再說我又不是老年人！
我很想這麼說，卻沒辦法說話。一開口——

「噗哇，噗哇——」
只發得出這種聲音。
薇涅和基恩看到我在叫，露出傻笑。
「好可愛！克拉莉絲好可愛！」
基恩兩眼發光，興奮地大叫。
「真的……宛如妖精的小孩。」
薇涅抱緊被長袍裹住的我。我的臉埋在薇涅豐滿又柔軟的胸部中，有種神祕的安心感。
總覺得這樣下去會睡著……呃，不對！現在哪有時間給我睡覺！
「噗哇！噗哇噗噗哇噗噗哇哇噗——！（欸！快點讓我恢復原狀——！）」
我大聲抗議，薇涅和基恩卻一頭霧水……嗚嗚嗚，語言不通好討厭！
不過，薇涅似乎聽得懂我想表達的意思，拍著我的背回答：
「別擔心，一小時就會恢復。」
「噗哇——」
要……要維持這個狀態一小時？我想在艾迪亞特先生來之前恢復。
「得先幫妳找件衣服穿。記得有基恩嬰兒時期穿的衣服。」
薇涅哼著歌，踩著輕快的步伐走出房間……她根本樂在其中。
過沒多久，她拿來有荷葉領和裙子的嬰兒服跟尿布，熟練地動手為我更衣。

「媽媽……這件衣服不是女生的嗎？我明明是男生。」

「啊哈哈哈，剛好有附近的女生送媽媽舊衣服。」

基恩半瞇著眼，薇涅不敢正視他，幫我換好衣服。

看來她趁基恩不懂事的時候，以讓他穿女裝為樂。

看到換好衣服的我，薇涅眼中綻放光芒。

「真正的女生穿起來果然很可愛。」

「……」

基恩依然半瞇著眼，凝視薇涅的背影。

就算她誇我可愛，這樣很難活動耶！

我鼓起臉頰時，艾迪亞特先生跟喬治走進房間。

看到變成嬰兒的我，兩人瞪大眼睛。

「薇涅……那孩子是誰？」

喬治震驚地指向我，薇涅露出淘氣的笑容。

「我女兒。」

「媽媽，不可以騙人。」

「嘖……別多管閒事。」

薇涅好像想說我是她的小孩，嚇喬治一跳，卻馬上被基恩制止。

喬治苦笑著撫摸我的頭。

「一個孩子還是兩個孩子我都不介意啦，妳又收養親戚的小孩了嗎？」

「不是，這孩子是……」

薇涅正準備說明，顧客卻一直按鈴叫人出去接客。

「糟糕！我忘了！今天妮伊婆婆說要跟徒弟一起來店裡。基恩、喬治，這批是團客，麻煩你們來幫忙！」

「咦咦！我也要喔。」

「你最近都泡在我家，稍微幫點忙吧。」

薇涅帶著喬治和基恩出去接客。

只剩我和艾迪亞特先生留在房間。

「哎呀，大家真忙。」

艾迪亞特先生苦笑著把我抱起來，直盯著我。

好……好近！

他的臉靠好近。害、害我想起之前接吻的時候。

「紅髮和玫瑰金色的眼睛……跟克拉莉絲真像。」

我內心一驚。這麼快就被發現了？

「我跟克拉莉絲結婚生子的話，也會是這個樣子吧。」

哇————！你、你在說什麼！

什麼生小孩，什麼生小孩，你未免太急了吧！

好啦，我們有婚約，遲早會結婚，王族又注定得考慮繼承人的問題，他會這樣想一點都不奇怪！

「好可愛……妳肯定會成為跟我的未婚妻一樣的美女。而且還是聰明又溫柔的女人。」

羞……羞死人了。艾迪亞特先生誇我誇得太過頭了啦。

害羞的同時，睡意逐漸襲來。

艾迪亞特先生……好會抱嬰兒。在他懷裡有種難以言喻的舒適感。

「嗯？想睡了嗎？」

「噗哇…………」

我被艾迪亞特先生拍著背，墜入夢鄉。

睜開眼睛時，我躺在床上。

薇涅在我身邊，用毛巾為我擦拭臉上的汗水。

「妳醒啦。」

「薇涅……我恢復原狀了嗎？」

「嗯，不過復原的時候嬰兒服破掉了。妳現在是全裸。」

「是、是嗎！我、我復原時有沒有被人看見？」

「放心，碰巧只有我在場。」

薇涅笑著說道……是我多心嗎？她的笑容異於往常，不太自然。

為何她的眼睛和嘴巴笑彎了？

整理好服裝儀容後，我來到用來上課的餐廳，喬治和基恩悠閒地在那裡喝茶……咦？艾迪亞特先生怎麼不在？

「喬治，艾迪亞特先生呢？」

「啊……呃，他有點火氣大。剛才流鼻血了，在隔壁休息。」

「哎呀，糟糕。那我去用治癒魔法幫他治療。」

「不不不，妳別去。反而會害他更嚴重。」

「……？」

◇◆艾迪亞特視角◆◇

我叫艾迪亞特・赫汀。

正在薇涅家的簡易床鋪上休息。

這裡是喬治過夜時睡的房間，所以放了一張簡易床鋪。

我跟平常一樣，與喬治一同來到薇涅家，卻沒看到克拉莉絲，而是一名小嬰兒。

因為各種原因，房間裡只剩下我和小嬰兒兩個人，在我安撫她的時候，小嬰兒突然發光，懷裡的人變成全裸的克拉莉絲。

我盡量不去看她的身體，將她搬到床上……然後呼喚在外面接待客人的薇涅。

「幹嘛那麼害羞？反正你們結婚後，就會變成常常赤裸相見的關係啦？」

薇涅說得沒錯。

不能因為這點小事驚慌失措。

總有一天我們還會生小孩……生小孩……哇，糟糕！

流鼻血了！

搞什麼，我是青春期的小鬼頭嗎？啊，十七歲還是青春期沒錯……呃，不是那個問題！

於是，我就這樣在床上躺到鼻血止住。

後記

感謝各位閱讀《轉生成反派千金與反派王子的我們》！

初次見面，我是秋作。

我原本就喜歡反派千金哏，從小說到漫畫，看過各種反派千金的作品。大家都有不同的魅力，每位反派千金都不願向逆境屈服，努力生存，我的目光被她們深深吸引，沉浸其中。

看著看著，我自己也想動筆寫寫看……或許是作家的天性使然。我產生了想要描寫屬於自己的反派千金的念頭。

只不過，光憑這個念頭無法讓故事成形，因此之前一直都保存在我的腦海裡。

我還想了另一個笨蛋王子的故事。上班族轉生成因為優秀的弟弟而感到自卑的第一王子的故事。

剛開始，克拉莉絲和艾迪亞特的故事是不同的故事。

某天我突然想到，把這兩個人的故事結合成同一個不就得了？我想挑戰雙主角的故事。

可是雙主角很難用第一人稱寫作，只憑一股幹勁寫下去的話，會不小心從克拉莉絲視角變成艾迪亞特視角，不然就是發現這段劇情用克拉莉絲視角寫，會比艾迪亞特視角更適合……要比思考一般的故事時消耗多一倍的能量。

畢竟這樣等於是在同時撰寫兩個故事，消耗的精力也是雙倍。

平常我習慣寫完九成就投稿在網路上，唯有這次是寫完後重看了好幾次才投稿。

儘管如此，仍然有些片段是在連載期間臨時加上去的，有時那些片段會害劇情產生漏洞，只得加以修正。

雖然這一路走得跌跌撞撞，但網路版已經順利完結了。

在此深深感謝這次協助本作出版成書的編輯大人、幫忙校稿的大家，以及用心製作這部作品的各界人士。

負責繪製插畫的やこたこす老師，真的謝謝您！

看見美過頭的封面，我差點激動到哭。其他角色也非常有魅力，每次看見您畫的插圖，我都會為之屏息。

書籍版補足、修正了網路版的缺漏之處。寫作時，我有特別留意要讓網路版的讀者更加盡興，希望那些部分能讓大家看得開心。

最後，再次謝謝各位讀者、協助本書出版的每位人士，真的真的非常感謝。

假定反派千金似乎要嫁給全國最醜的男人

Kadokawa Fantastic Novels

作者：惠ノ島すず　插畫：藤村ゆかこ

受到的懲罰是與全國最好看的男人結婚！
這遊戲世界的價值觀怎麼回事!?

轉生到陌生女性向遊戲的艾曼紐，回過神來已經以反派千金的身分遭到定罪。不過，她受到的懲罰竟然是嫁給全國公認最難看的邊境伯爵——魯斯！明明魯斯的個性和外貌都是全國最優秀的，真是暴殄天物——我會讓這段戀情成真！

NT$220/HK$73

可以僱用我一輩子嗎？

～與不苟言笑的魔法師共同展開的二次就業生活～ 1 待續

Kadokawa Fantastic Novels

作者：yokuu　插畫：烏羽雨

新的雇主居然是不苟言笑的大叔魔法使？
溫暖人心的異世界轉職奇幻生活就此展開！

璐希爾被趕出供自己吃住的職場後為謀求新工作，來到偏僻鄉鎮中魔法師菲力斯的家。上工後璐希爾發現不好相處的他，其實有著令人意外的一面——兩人之間的距離逐漸縮短時，問題卻接二連三發生！跨越困難的同時，他們彼此懷抱的心意也一點一滴累積。

NT$240/HK$80

我想蹺掉太子妃培訓 1~2 待續

Kadokawa Fantastic Novels

作者：沢野いずみ　插畫：夢咲ミル

唯有嫁進豪門才能拯救負債累累的家，
可是這個條件是怎麼回事！

布莉安娜為了拯救瀕臨破產的家族，拚了命地參加晚宴，希望可以釣到金龜婿。眼看還債期限步步逼近，只剩下嫁給富有老頭子當繼室這條路可走……沒想到要王太子拿她試探未婚妻的公爵家少爺竟提出「只要妳假扮我的未婚妻，我就替妳還清債務」的要求！

各 **NT$220~240/HK$73~80**

國家圖書館出版品預行編目資料

轉生成反派千金與反派王子的我們/秋作作；Runoka 譯. -- 初版. -- 臺北市：臺灣角川股份有限公司, 2024.07-

冊；　公分. -- (Kadokawa fantastic novels)

譯自：悪役令嬢に　生した私と悪役王子に転生した俺

ISBN 978-626-400-227-1(第1冊：平裝)

861.57　　113006556

Kadokawa Fantastic Novels

轉生成反派千金與反派王子的我們 1

（原著名：悪役令嬢に転生した私と悪役王子に転生した俺）

2024年7月24日　初版第1刷發行

作　　者：秋作
插　　畫：やこたこす
譯　　者：Runoka

發 行 人：台灣角川股份有限公司
總　　監：呂慧君
總 編 輯：蔡佩芬
主　　編：林秀儒
編　　輯：邱璨萱
設計指導：陳晞叡
美術設計：李思穎
印　　務：李明修（主任）、張加恩（主任）、張凱棋、潘尚琪

發 行 所：台灣角川股份有限公司
地　　址：104台北市中山區松江路223號3樓
電　　話：（02）2515-3000
傳　　真：（02）2515-0033
網　　址：www.kadokawa.com.tw
劃撥帳戶：台灣角川股份有限公司
劃撥帳號：19487412
法律顧問：有澤法律事務所
製　　版：巨茂科技印刷有限公司
ISBN：978-626-400-227-1